庫

しぶちん

山崎豊子著

新潮社版

1659

目次

しぶちん

船場狂い

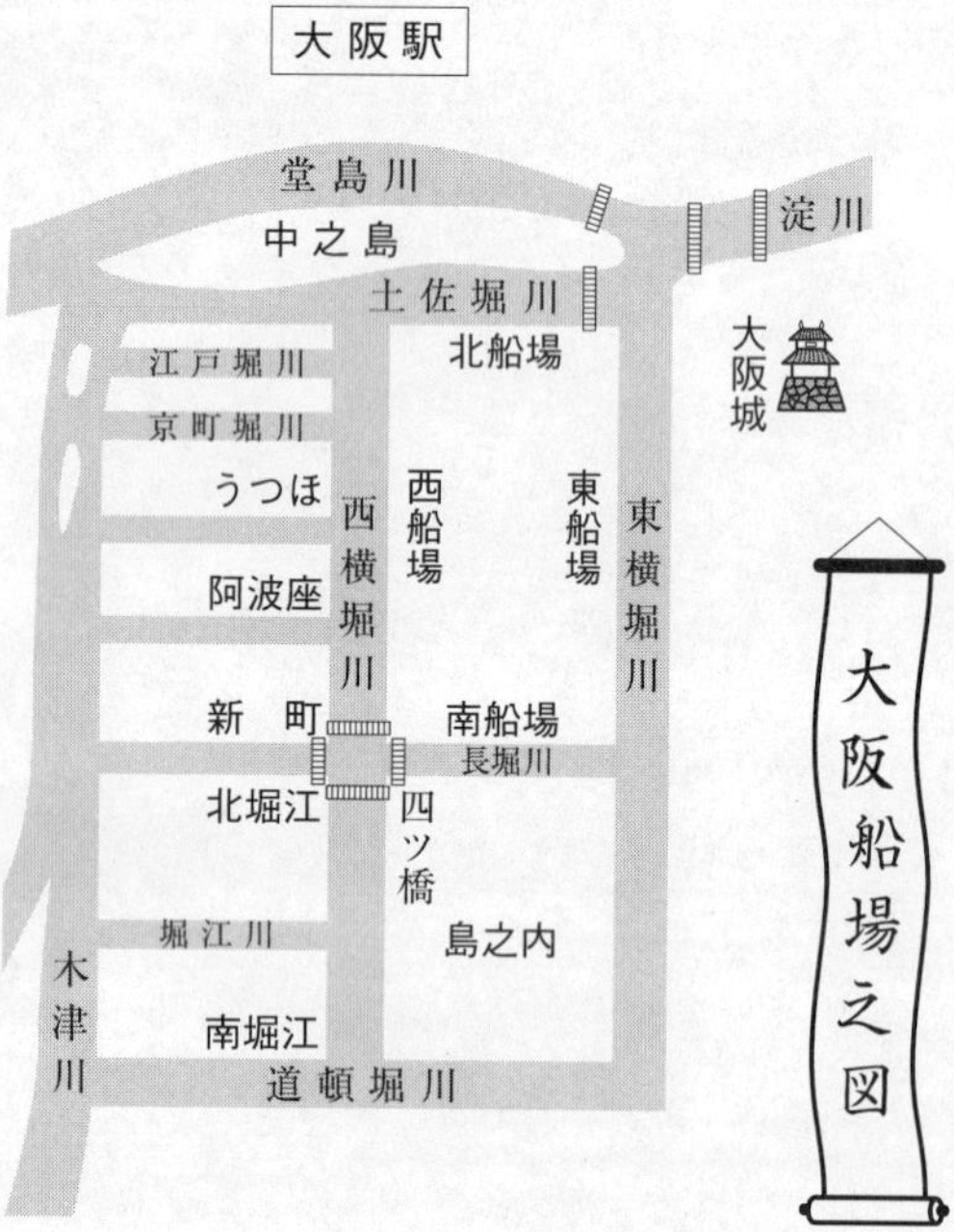
大阪駅
堂島川
中之島
淀川
土佐堀川
北船場
大阪城
江戸堀川
京町堀川
うつほ
西横堀川
西船場
東船場
東横堀川
阿波座
新町
南船場
長堀川
北堀江
四ツ橋
堀江川
島之内
木津川
南堀江
道頓堀川
大阪船場之図

一

久女《くめ》は、自分の眼の前を流れている長堀川をゆっくり渡りかけた。橋下の鈍色《にびいろ》に澱《よど》んだ川面《かわも》には、藁《わら》しべや卵の殻が浮かび、秋の陽の光が、薄い影を落している。

この長堀川を隔てて北向うが、船場《せんば》といわれる大阪の富商の集まる街であった。船場は、長堀川、西横堀川、土佐堀川、東横堀川によって、額縁のように取り囲まれた四角な地帯で、隣接している街とは、おのおの橋で往来するようになっている。この四つの川は、いずれも五間そこそこの川幅をもった、何の変哲もない街中《まちなか》の川に過ぎなかったが、久女にとっては、いつも自分を、遠いところへ押しやってしまうとてつもない広い川筋に見えた。

五十四歳の久女は、この川筋に懸《かか》った橋を渡って、船場へ移り住み、御寮人《ごりようん》さん(奥さん)御家《おえ》はん(女隠居)と呼ばれてみることが、生涯の念願であった。

そんな久女は、着物の着方にまで船場風を心得て、更衣《ころもがえ》のしきたりをきちんと守っていた。船場では、気温の寒暖にかかわらず、四月一日から男女ともに袷《あわせ》になり、外出には必ず袷長襦袢《ながじゅばん》と袷羽織を着用する。六月一日からは単衣《ひとえ》になり、菖蒲《しょうぶ》節句から帷子《かたびら》、麻長襦袢、絽《ろ》羽織、浴衣《ゆかた》は六月十五日から、七月一日から薄物、紗《しゃ》の羽織、九月から単衣、十月から袷という更衣のしきたりがある。これを少しでも間違えると、世間から、みっともないとうしろ指をさされるが、久女は、そんなところにまで気を配って、季節の変り目ごとに寸分違えず、船場流の更衣をして、お茶のお稽古《けいこ》に通っていた。

お茶のお稽古も、格別にお茶が好きだったのではない。本町四丁目の裏千家のお稽古場は、場所柄、船場の御寮人さんが沢山集まっているから、ここで御寮人さんたちと近付きになるのが、久女の目当であった。

久女は、地味で目だたないが金目のかかった着物を着て、それだけの気持の余裕をもった上で、いつも御寮人さんたちのお道具自慢の聞き役に廻っていた。

「へえ——、また、ええお道具買いはりましたんでっか」

「さよだす、うちの旦那《だん》はんが、えろうお道具に凝りはりまんので、今度、新しいお茶室を作りましたついでに、ちょっと出もの買うただけでござりまんねん」

「出もの云いはっても、紅葉呉器《もみじごき》のお茶碗《ちゃわん》やったら、なかなかわてらでは簡単に拝めもしまへん、是非のこと、近いうちに、お道具拝見させておくれやす」

こう持ちかけて、いつの間にか、船場の良家《ええし》へ出入りするようになった。

この日は、新しくお稽古場へ通って来る鋳物《いもの》問屋の御寮人さんの紹介があった。順慶町四丁目の兼松鋳物の御寮人さんで、三カ月ほど前に、後妻に嫁いで来たばかりであったが、姑《しゅうとめ》は既に亡《な》くなり、舅《しゅうと》だけのせいか、嫁入り早々に、お茶のお稽古に来られる結構な立場であった。

面長の白い顔に、鼻筋が刃もののように薄っすり高く、眼尻《めじり》がつり上っていたので、白狐《びゃっこ》のような感じがした。着物は小浜縮緬《こはまちりめん》の給に丸帯を胸高に締め、三つ紋付きの羽織という、まるで嬢《いと》はんのように着飾った装《よそお》いであった。これが古顔の御寮人さんや御家はんたちの反感をかったらしく、最初から除《の》け者扱いにされていた。八畳ほどの待合処《どころ》に、五、六人がお点前《てまえ》の順番を待ち、自分の番が来ると、銘々の人に、

「お先ぃさんでございます」

と、丁寧にことわったが、誰も兼松の御寮人さんには、挨拶《あいさつ》をかけなかった。

久女も、はじめのうちは、この三十五、六歳になったような御寮人さんを、皆と同じように除け者にしていたが、兼松鋳物問屋——順慶町四丁目——船場有数の商家

――、こう胸の中に思いあたると、俄《にわ》かに席をたった。用もないのに厠《かわや》へたって、小用をすましたような振りをして、帰って来た時は、坐り場所を変えて兼松の御寮人さんの横へ坐った。そして、そっと膝《ひざ》をにじり寄らせて、辺りをはばかりながら、

「御寮人さん、おはじめて、わては小間物問屋を商いしとります円山だす、どうぞ、まあお楽に――」

と、古参らしい労《いたわ》りを見せた。

「いいえ、わてこそ、つい御挨拶が行き届きまへんと、すんまへん、どうぞ、お宜《よろ》しゆうしておくなはれ」

近付きの挨拶を返しながら、御寮人さんは、素早く久女の着物に目をあてた。久女は、船場風の作法によって、秋ぐちの衣裳《いしょう》として、紋織の着物に、黒縮緬《ちりめん》の袷羽織を重ね、繻珍《しゅちん》の帯を締めていた。この作法にかなった久女の衣裳を見るなり、御寮人さんは、急に親しげな眼つきになり、嫁いで来たばかりの主人のことから、店の商い、先妻の残した二人の子供の話まで喋《しゃべ》ったあげく、久女の顔をのぞき込むようにして、

「もし、お急《せ》きやおまへんでしたら、ご一緒に参じとおます」

連れだって帰ることを、誘いかけた。

お点前をすまして、お稽古場の玄関先に出ると、兼松鋳物の女中と丁稚《でっち》が、供待部《ともまち》屋で待っていた。女中は上女中らしく銘仙《めいせん》の着物を着て、丁稚は丁稚縞《じま》の木綿の着物に紺の前垂れをつけ、一眼で老舗《しにせ》の奉公人衆とわかる装《なり》をしていた。

「お待っとうさん」

鷹揚《おうよう》に犒《ねぎら》いながら、御寮人さんは女中の揃《そろ》えた畳表の下駄を履き、袱紗《ふくさ》やはき替えの足袋を入れた風呂敷包みは丁稚に持たせた。

本町四丁目から、問屋筋のたち並ぶ渡辺橋筋に沿って南へ向かった。兼松の御寮人さんと久女が肩を並べて先にたち、五、六歩離れて、女中と丁稚が随《つ》いて来たが、女中と丁稚は、金物問屋の前へ来ると、きまって足を停め、

「今日は、毎度おおきに――」

と挨拶して通った。同業者に対する船場の作法であったが、久女はそんな背後の動きが気になって落ちつかなかった。兼松の御寮人さんは、まだ話し足りないらしく、ゆっくり歩きながら世間話をし、順慶町の辺りまで来ると、足を停めた。

「本日は、えらいご親切にお引き廻してくれはりまして、おおきに、わてとこ、ついそこでござりまんねん」

順慶町四丁目の角から、四、五軒、東へ入ったところを指さした。五間間口の店構えの屋根の上には、古木に『兼松』と大きく記《しる》した看板が掲げられている。表の大阪格子《ごうし》を通して、忙しくたち働いている店内の模様がのぞかれ、店先で四、五人の丁稚が荒縄で荷作りをしていた。

「あ、そうでっか、ほんなら、わてはここでご免やす」

久女が小腰を屈《かが》めて挨拶しかけると、

「あんさんも、すぐそこの佐野屋橋でっしゃろ、わてとこのお竹どんにお店先まで、お送りさせまっけど、佐野屋橋の何丁目ぐらいでっか」

うしろの女中の方へ振り返って、行き届いた気の遣い方をした。

「いいえ、結構だす、わてとこは、佐野屋橋を渡って、向う側の南へ入ったとこだすよって」

「へえ、ほんなら、橋向うの鰻谷《うなぎだに》西之町でっか――」

こう云うなり、急に狐《きつね》のような白い顔を、冷たく権高《けんだか》に構え、

「お先ぃだす、さいなら、ご免やす」

ついと背中をみせ、女中と丁稚を促すようにして、順慶町の角を曲って行った。

久女は、佐野屋橋を渡ってから、橋際《ぎわ》に佇《たたず》んでいた。たった五間幅ほどの澱んだ何

の変哲もない川筋が、船場という大阪の尊大な街を形造っている。久女は佐野屋橋の手すりに手をつき、五十を過ぎてから急に白髪の殖えた頭を振るようにして、大きな吐息をついた。腹だたしい奇妙な気持だった。いつも船場という尊大な街から足蹴《あしげ》のようにされながら、かえってそれが、船場への強い執着になって行った。

久女は、今までも、同じような思いを何度か経験したことがある。

二

一度は、土佐堀川を隔てて、北船場《きたせんば》と向い合った肥後橋の橋際であった。

久女は、この肥後橋の近くの堂島中町に生まれた。この辺りも、小売商、問屋が立ち並ぶ繁華な商いの街であったが、久女の子供ごころに真っ先に気付いたことは、土佐堀川の向うの子供だけ変った名称で呼ばれることであった。

男の子は、ぼんぼん。兄弟が沢山ある場合は、兄ぼん、中ぼん、小ぼんなどと云われていた。女の子は、嬢《いと》はん。これも姉妹の多い時は、嬢《とう》はん、中嬢《なかいと》はん、妹嬢《こい》さんという風に呼ばれた。

夏祭りになると、このぼんぼんや嬢はんの中からだけ、難波《なんば》神社のお稚児《ちご》さんが選ばれた。本祭りの午後から、船場の家並は麻布定紋入りの幔幕《まんまく》を張りめぐらせ、高張《たかはり》提灯《ぢようちん》をずらりと掲げ、男の子のある家は、その子供の人数だけ、青貝細工に銀金具の飾提灯をたてて氏神の渡御《とぎよ》を迎えるが、お稚児さんに選ばれた家は、さらに金屛風《きんびようぶ》を張り出して店先を飾った。

賑《にぎ》やかな露払いに続いて、贅《ぜい》を尽した御神具、御神体の渡御にかかると、もう、御渡りの道筋は、御神体を迎える人々でぎっしり埋められる。御神体に続いて、夏枯れの商いを景気付ける暴れ神輿《みこし》、そして、最後に美々しく衣裳を着飾り、人力車に乗った稚児行列が連なった。俥《くるま》の上の子供たちは雛《ひな》人形のように真っ白に塗った顔に、薄墨色の稚児眉《まゆ》を描き、朱房のように口紅を刷《は》き、蟬《せみ》の羽根のような透明なきれいな衣裳を重ねていた。人力車の幌《ほろ》のうしろへ、長方形の金紙に姓名を記した名札をひらひらさせ、俥の両側には、その家の定紋入りの紋付きを着た女中と丁稚が、徒歩で付き添っていた。

丁稚は、大きな団扇《うちわ》で、炎天の中を揺られるぼんぼんや嬢はんの顔を煽《あお》ぎ、女中は氷を包み込んだガーゼを、何度もぼんぼんや嬢はんの口にあてて咽喉《のど》を潤《うる》おわせ、お腹《なか》悪うせんといておくれやすと、囁《ささや》いていた。

御渡り道を埋めていた人々は、稚児俥が眼の前を通ると、

「ああ、泉屋のぼんぼんや、あれが跡取りはんやぜ」

「あの前から三番目の別嬪《べっぴん》さんが、吉田屋の妹嬢《こい》さんや、まだ六つぐらいやなあ」

などと、一々、その名前を呼びあげて、指さした。その度に、母親に連れられて渡御を見に来ていた久女は、やや浅黒い顔を、真っ赤にして興奮した。

渡御が終ると、一度に潮がひくように帰り足になって行く人波の中で、久女は、八、九歳の子供にしては、ひねすぎるぐらいの仏頂面《ぶっちょうづら》をして、もと来た道を歩いていた。母親が、途中で金時氷でも食べて帰ろか、と云っても、久女はすねたように答えなかった。

船場と堂島の間を流れる土佐堀川に懸っている肥後橋を渡り切ると、久女はいきなり、母親の袂《たもと》をひき千切れるほどきつく摑《つか》んだ。

「なんで、この橋から向うの子だけ、ぼんぼんや、嬢はん云うてもろうて、あんなきれいなお稚児さんになれるねん」

「あ、あれは船場のお子やからや」

母親は何気なく答えたが、久女には、母親が、久女の家の近所の子供には、あの子と云うくせに、船場の〃お子〃といったのに、気がついた。

「お母ちゃん、なんで、船場の子のことを、そないお子いうのや、うちのお向いの愛子ちゃんのことは、いつもあの子いうやあらへんのん」

「そら、ほかの人が皆、そう云うてはるさかいな」

母親は、久女の激しい不満などには気付かず、無頓着《むとんちゃく》にそう云った。久女は、その日、はじめて着せてもらった赤い平絽《ひらろ》の祭り着の裾《すそ》を、蹴《け》りあげるような勢いで、母の手を振りきって走り出した。走りながら、ぜいぜいした声で、船場のお子、船場のお子、と云った。

小学校を卒業する年になると、久女は級中で、二、三番の成績だったので、受持の先生は、府立の有名校をすすめたが、久女は私立の聖徳高女を選んだ。

聖徳高女は、船場のど真ン中の平野町にある明治十年創立の、大阪で一番古い歴史をもつ女学校であった。檜材《ひのきざい》を使った豪奢《ごうしゃ》な日本建築で、正門は宮殿のように反りかえった深い屋根を持ち、校舎も、一つ一つが、小さな宮殿のような凝った仕上げになっていたから、知らない人は、何宗の寺院か、何様の大邸宅かと間違えた。制服は着物の上にえび茶色の袴《はかま》をつけるのが、その頃の女学校の普通のきまりだったが、聖徳高女では、この袴の裾に白い山形の線を入れて、一際《ひときわ》目だつようにしていた。

生徒は、船場の子女に限るという規則はなかったが、殆《ほとん》どが船場の子女で占められていた。一つには、学校の位置が北船場や南船場の端からも、歩いて二十分以内で通学出来るためだった。お供に女中か丁稚さえ随けて置けば、電車で通うより妙な虫がつかないという親たちの安心を得ていることと、昔から鴻池《こうのいけ》や住友という大阪の良家の子女が、聖徳高女出身だという親の見栄も手伝って、聖徳高女は船場の子女が多かった。

久女の両親は、聖徳高女に行きたいと聞いただけで晴れがましく思い、月謝も飛びぬけて高いし、交際《つきあい》も派手過ぎるからと、頭から反対した。反対されると久女は、

「ほんなら、女中衆《おなごし》みたいに、うちも小学校だけで止《や》めとくわ」

とすねてしまったが、結局、母親のとりなしで、たまたま家の小間物商いが有卦《うけ》に入って繁昌していたので、聖徳高女へ行けることになった。

入学式の日は、参列の生徒と父兄よりも、お供の数の方が多かった。正門は生徒と父兄の通行に限られ、正門横の通用門がお供の出入りにあてられたが、この辺りへお為《し》着《きせ》を着た女中や丁稚が集まった。式が終ると、一時に、どっと出て来る旦《だん》那はんや御寮人《ごりょうん》さん、嬢はんの姿を見失うまいとして、

「清吉、こっちでごわす！」

「お梅、お待ち申しとりまっせえ！」

と、自分の名を声高に名乗って犇《ひしめ》いた。

久女は、この聖徳高女の門をくぐった日から、さらに異様な激しさで、船場を囲繞《いにょう》する川幅にこだわった。

三年生になった時、地方から新しい教頭が赴任して来た。百姓の陽やけのように黒褐色になった扁《ひら》たい顔の中で、金壺眼《かなつぼまなこ》が下品に光っていた。どうして、こんな下品な顔つきをした人が、聖徳高女の教頭にかわって来たのか解《わか》らなかったが、久女の級《クラス》の歴史を受け持つことになった。

最初の授業の時間に、教室に入って来るなり、日本風の贅沢《ぜいたく》な材木を使った教室をきょろきょろ見廻してから、教壇の上の椅子《いす》に腰をかけた。地方訛《なま》りの標準語で、出席簿を読み上げ、読み終ると無作法にパタンと出席簿を閉じて、

「ちょっと聞きますが、この級の中で、船場内《うち》から通っている人は、手を挙げてみて下さい」

と云った。生徒たちは怪訝《けげん》な顔をしたが、誰からともなく、船場内に住んでいる者は手を挙げた。五十人の中で、四十人ほどがそうであった。

「はい、それでよろしい、まず西洋歴史をはじめる前に、皆さんの郷土である大阪の船場の話をしたいと思って手を挙げてもらったのです、このような大阪のど真ン中で、商業の中心地である地帯を、船場というような辺鄙《へんぴ》な感じの名前で呼ぶのは、なぜだ

と思いますか、笑い話に、或る文筆家が、船場の描写をする時に大いに考えたあげく〝海風にのれんのはためく船場は〟と書いたそうです、いや、笑ってはいけません、それは船場という字面《じづら》から、神戸のような港街を想像したんでしょうな、さて、このような繁華な商いの街が、船場と云われるのは、仁徳天皇が、難波津《なにわづ》に皇居をもたれた頃、まだこのあたり一帯は、葦《あし》の生い茂った砂浜であったようです。そのため、砂《す》場《ば》、或いは砂場《さば》といわれたのが、後に、その砂《さ》が語源を同じゅうするセに転じ、ンの一字が加えられて、いつのまにかセンバと発音されるようになり、ついで船場という字があてられたという説と、単に葦の生い茂った船つき場であったところから、船場といわれたという説と、二説あるわけです」

新任の教頭は、まことしやかに、船場の語源、歴史をかいつまんで話したが、久女には、それは教頭のてれかくしにしか過ぎぬように思えた。それというのも、小狡《こずる》い金壺眼の教頭の眼が、先程、挙手をした生徒の顔を、頭の中へ畳み込むように順を追って、見詰めていたからだった。

久女は、この教頭も、自分と同じように、船場という土地に、一種の劣等感と異様な憧憬《どうけい》を持っていると、見て取った。そして、久女は机の上の西洋歴史の教科書に、

わてかって、今に船場に住むようになったるわ、御寮人さん、嬢はん!

と書き記《しる》し、切れ長の一重瞼《ひとえまぶた》を引き吊《つ》らせるようにして、新任の教頭を睨《にら》み据えた。船場に住むようになるには、久女が船場の商家へ嫁ぐことが、一番、手っ取り早いことであった。色はやや浅黒いが、大きな一重瞼をもった勝気な久女は、女学校の五年生になると、もう、船場の商家へ嫁ぐことばかり考えていた。そして、弟と久女の二人姉弟で、別に娘の縁談など急いでいない母親をせきたてるようにして、久女は縁談を急いだ。

三

二度目に久女が、西横堀川を隔てて船場と隣接する京町堀にたったのは、女学校を卒業してから五年目の二十三歳の時であった。

少々、左前の店で、不細工な顔の相手でもかまへん、船場へ嫁いで〝御寮人さん〟と呼ばれてみたいねんという、久女の希望を裏切って、父親の宗吉は、同業で内福な京町堀の、円山小間物問屋へ久女を嫁がせた。

父親の宗吉の意見では、一口に船場といっても奥内《おくうち》で売り食いし、粥《かゆ》をするような暮らしをしていながら、船場の格式だけ守っている貧乏華族みたいな家もある。どうせ、うちなどと縁組する船場の家なら、うちから持って行く支度を目あてにするような縁談しかある筈《はず》がない。そんな見栄ばかりで貧相な暮らしをするより、うちうちに資力を持った普通の商店へ嫁ぐ方が固いと、いうのであった。

この父親の意見を聞いた途端、久女は、その小柄な体に怒りを一杯、ふくらませ、

「お父はんは男のくせに、肥後橋を渡って、船場へ入って商いするような商人になりたい思いはれしまへんか、わては、女でも、あの川を渡って船場の御寮人さんと云われるようになりたい思うてまんねん――」

と詰《なじ》ったが、宗吉は、骨張った律儀な頭をさらに筋張りにして、

「阿呆《あほ》な高望みをするもんやあれへん、船場商人いうのは、そない簡単になれるもんやあらへん、久女も知ってるやろけど、船場の商家はみな、隣の家との間に卯建《うだつ》（塀の上に小さな屋根瓦《がわら》をつけた仕切塀）を建ててはるやろ、あれは昔からの持家で、昨日や今日の出し店やないという標《しるし》になってるのや、あれ見ても解るように、昔からの暖簾《のれん》を張ってはるか、年季を入れて暖簾分けして貰《もろ》うて、船場に店を持つか、どっちかやないと船場商人にはなられへん、お前みたいに、そんなしょうむない船場信心のような虚栄心は捨ててしもうて、円山はんの店へ嫁《い》きなはれ、その方が身の結構というもんや」

こう一度、云い出したらきかない、頑《かたくな》な父親を知っていたし、二十三歳の久女であったから、しぶしぶ嫁いだのが円山小間物問屋であった。

この嫁ぎ先がまた、京町橋一つを隔てて、船場と向い合う京町堀であった。久女には、大阪城の外濠《そとぼり》のように、船場という街を取り巻く川が、自分を嘲笑《ちょうしょう》しているように思えた。

円山小間物問屋の長男清次に嫁いでからの久女は、ますます、船場への執着が激しくなり、何でも船場風にしつらえた。

結婚して一年目に生まれた長男の清一を、船場風にぼんぼんと呼ばせ、三年目に生まれた長女の芳子は嬢《いと》はん、年子《としご》の照子は妹嬢《こい》さんと呼ばせて、悦に入った。世間体を神経質なほど気にする夫の清次が苦い顔をして、

「恰好《かっこう》の悪い真似《まね》を止《や》めといてんか、他人《ひと》さんが聞きはったら、ええ笑いもんや、うちらの子は、清一、芳子、照子、と名前呼びで結構や」

と窘《たしな》めた。それでも久女は、

「わてらのことを、旦さん、御寮人さんいうのはおかしいやろけど、子供の呼び名まで、そない船場の人に遠慮することおまへん、いうてみたら、坊やいうて呼ぶようなもんやおまへんか、それにいずれ、あの娘《こ》らも船場へ嫁《かたづ》けんならんよって、船場風に

育てとかんとあきまへんわ」

ケロリとした顔で、夫の苦情を受けつけなかった。

たった六人の店員にも、おのおのの名前の下に番頭は助、手代は七、丁稚《でっち》は吉と付けて呼び、女中もお梅どん、お竹どんと、どん付けにし、日々の食事も船場流に箱膳《はこぜん》を出した。普通なら、大きな一卓ですむ食事机を、久女はわざわざ六個の箱膳を買って来て、台所の隅に積みあげ、使用人が一人一人、それを捧《ささ》げて来て、その前にきちんと坐って食べるのを見ては、口もとをゆるめて喜んだ。

いつの間にか、大きなガラス戸が入っていた店の構えを、夫の清次と喧嘩《けんか》腰《ごし》になって争ったあげくに模様変えしてしまった。船場の商家の構えを真似て、表口の端は大阪格子《ごうし》をはめ、店の間の中央に結界《けっかい》（木格子で組んだ坐り式の勘定場）を仕切って、店の間の上り框《あがりがまち》は、毎朝、おからで黒光りするほど丹念に拭《ふ》き込んだ。小間物屑で、その上り框が白く埃《ほこり》になると、久女は眼の色を変えて、パッパッと小間物屑《くず》をはたき出し、掃き浄《きよ》めたような船場風な店構えに腐心した。

夫の清次は、そんな久女に十年ほどあきらめたように辛抱をしたあげくに、十一年目の正月の松の内をすますと、離縁話を持ち出した。久女の父親の宗吉は、屠蘇酒《とそざけ》もまだ醒《さ》めきらない顔をして、円山小間物店まで駈《か》けつけた。清次の云い分では、この十年間、肩身の狭い世間をして来たが、長男が十一歳、長女が八つ、次女が七つになって三人とも小学校へ行くようになり、子育ての役はすんだから帰ってくれと、云うのであった。

父親の宗吉は、久女の小さい時からの執念が、少しも変っていないのを知り、そら怖《おそ》ろしい思いになった。そんな娘を引きとる行く末を思案して、平あやまりに、あやまった後、やっと、もとへ納めた。

この離縁話が出てから半年目に、清次は風呂の湯ざめから、風邪を引き込んだ。風邪ぐらいで医者を呼ぶのはもったいないと云い、うどん屋の風邪薬で、ことをすましていたのが因《もと》になり、一カ月程、床についた末に肺炎を起して死んだ。

三十四歳で後家になった久女は、死んだ夫に代って、円山小間物問屋をひっかまえて商いした。久女の目的は、商いを繁昌させて、うんと蓄財して、金の力で船場商人に近付いて行くことであった。

久女が、まず考えた蓄財の方法は、儲《もう》けるより先に節約《しまつ》するということで、できるだけ消費をきり詰めることを工夫した。

まず家計費の一番大きな部分をしめる食費に眼をつけ、久女は七人の使用人と三人の子供、自分を含めた食費を節約した。朝は冷御飯と沢庵《たくあん》、お昼は温《ぬく》御飯と野菜のごった煮、夜は大衆魚の煮つけに味噌汁《みそしる》をつけたが、魚はきまって、魚屋のしまいものになる魚のあら煮であった。釜底《かまぞこ》のおコゲは洗い流してしまわず、女中に命じて、そこへ一つまみの塩と湯を入れて、うまい工合にへつり落し、おコゲのおにぎりにして食べたり、それでもまだ釜底にへばりついている飯粒は、一粒一粒拾って、イカキに入れて干し、炒《い》って乾飯《ほしい》にした上で、子供のお八つにした。

十一歳の一人息子の清一を頭《かしら》に、芳子と照子は、この真っ黒けのお八つが出て来ると、顔をしかめて泣き出した。その度に久女は、台所から砂糖を持って来て、乾飯の上にまぶし、

「さあ、これやったらおいしいでっしゃろ、白いあんころ餅《もち》みたいになったやおまへんか」

となだめて食べさせた。子供たちは食べてみると、かりっとした歯あたりがよく、上にまぶした白砂糖が甘く舌の上に溶けておいしかったが、やはり何としても、はじめに出された時の、真っ黒な乾飯の見場《みば》は、いやなものだった。こうして、家内《いえうち》では吝嗇《しぶちん》に近いほど細かかったが、息子や娘を外に出す時は、子供でもちゃんとした装《なり》をさせて、家内の細かさを見破られるような下手なことはしなかった。

商売の方でも、久女は女独特の細かい才覚で、商いをした。小間物問屋の扱い商品

は、白粉《おしろい》、紅、櫛《くし》、簪《かんざし》などであったが、問屋取引はいうまでもなく、ダース売りで、白粉一ダース、櫛一ダースという取引であった。ところが久女は、今までの取引慣習を破って、半ダースでも、三つ四つのバラ売りにでも応じる仕儀にした。小売店の方は、この新しい久女のやり方を喜んだが、奉公人たちは手間がそれだけ多くかかるので、面倒がった。久女は、骨惜しみする奉公人に、

「商人いうもんは、どんな細かい利幅でも、儲かると思うたら骨身を惜しんだらあきまへん、バラ売りが邪魔くさい云うて、じっと手をつかねても、一銭の利益にもなれへんやろ、ちょっと体を働かしたら、たとえ、三つ分、四つ分でも口銭になるやないか、いうてみたら、商いいうもんは、牛のよだれ式に細こう、辛抱強ういかんとあきまへん」

女らしい細かい商いをしたので、バラで買いに来る小企業の小売店の数が急に殖え、夫の清次が生きていた頃より、かえって商いが繁昌した。

このバラ売りから思いついて、久女はさらに、白粉とクリームの秤《はか》り売りを考え出した。美身白粉や美身クリームは、大阪の女の中で一番評判のある大衆品で、銭湯に行くと、誰もきまったように、これを金盥《かなだらい》の中へ入れていた。そして、使用済みの空っぽになった容器が、たいていの家庭のゴミ箱にごろごろ転がっていた。久女はここ

に眼をつけたのだった。（節約《しまつ》な大阪の女が、一年中使うては捨てるこの容器をもったいないことやと、思えへん筈《はず》はない。この空っぽになった容器を持って来たら、秤り売りにして白粉やクリームを売るいうことにしたら、ええ商いになるやろ）というのが、久女の思いつきであった。

早速、これを実行に移してみると、予想した以上に、取引先の小売店はもちろん、一般の御婦人たちも、京町堀の円山小間物店まで足を運んだ。その上、久女は、この秤り売りのことを、銭湯の女湯に広告したので、僅《わず》かの間に大阪中の評判をとって、夫の清次が死んでから二十年目、久女が五十四歳になった年に、京町堀から、少しでも船場との川幅の狭い地点、佐野屋橋南詰の鰻谷西之町に移って店を構えた。

鰻谷西之町は、船場につぐ商いの街である島之内の中にあった。文楽座がすぐ側《そば》にあり、心斎橋とは咫尺《しせき》の間にあり、商いをするところとしては一流地であったが、佐野屋橋の下を流れている長堀川を隔てて、船場の外側になっていた。

四

長堀川に懸っている佐野屋橋の橋詰で、兼松鋳物《いもの》問屋の御寮人《ごりょうん》さんから、

「あ、ほんなら、橋向うでっか」

と云われて以来、久女の船場への思いは、以前にも増して執念のように凝り固まった。後妻で三ヵ月ほど前に、船場へ嫁入りして来た御寮人さんでも、船場の人ということだけで、あんな見下げたものの云い方をするものかと、久女は胸につかえた。

自分の生まれた処《ところ》が、土佐堀川を隔てた堂島中町、次に嫁いだ処が、西横堀川を隔てた京町堀西詰、三番目に後家の頑張りで店を構えた処が、長堀川を隔てた鰻谷西之町、まるで自分の生涯は、船場を取り囲んで流れる四辺の川ぶちを、ぐるぐる廻って、それだけで終ってしまいそうな不安な予感がした。しかし、久女は、まだあきらめていなかった。

三十歳になった一人息子の清一は一昨年、京都の袋物屋から嫁をもらって落ち着き、長女の芳子は、取引先の息子と結婚して、日本橋に化粧品屋を開いていたが、末子の照子の縁談が、再び久女の船場に対する強い執着を甦《よみがえ》らせていた。

長女の芳子の時も、久女はなんとか船場へ嫁がせたいと思ったが、本人の芳子が、

「お母はん、なに阿呆《あほ》なことというてるのん、もういま時、船場、船場いうて有難がることあれへんやないのん、あんな一族結婚や、暖簾結婚の多いところへ嫁《い》って、暖簾のない店から来た肩身の狭さで、窮屈な思いするのは、ごめんやわ、阿呆らしい！

何が船場やねん」

久女に似た勝気な大きな一重瞼を瞠《みは》らせて、反対した。そして、いつも自分の店へ仕入れに来る日本橋の化粧品屋の息子と、さっさと結婚してしまった。大分前から、二人の間の話はすすんでいたのか、万事によく気のつく久女が、あっと出しぬかれるほどの速さで結婚してしまったのだった。

末子の照子は、二十七歳になっていた。太平洋戦争に入っていて、次第に出征する男性が多くなっているとはいえ、早婚の多い商家では、婚期の遅れた年齢であった。それは久女が、どうしても、照子だけは、船場へ嫁がせたいと思っているからだった。小さい時からの久女の念願で、五十四歳の今日までかかって果せなかった夢を、娘の照子によって実現させたかったのだった。

久女は熱心にお茶のお稽古《けいこ》に通い出し、卑屈なほどの愛想のよさで、船場の御寮人さんに近付いているのも、専《もっぱ》らそのためだった。お茶のつき合いから、船場の商家へ出入りするようになると、久女はその家の造作や商い振りより先に、照子にちょうど似合いのぼんぼんがいるか、どうかに、注意を向けていた。

そうして、やっと見つけて来たのが、紙問屋の亀井久左衛門の一人息子久太郎であった。お茶のお稽古場で知り合った炭問屋の山川きよが、この亀井久左衛門の遠縁にあたっていた。山川きよは、あまり久女が、娘の縁談を気にしているので、久左衛門の頼りない一人息子でもよかったらと、遠慮がちに口を切ったのに、久女が飛びついた。

亀井久左衛門の店は、瓦町《かわらまち》にあった。瓦町は、もちろん船場内には違いなかったが、東船場の端くれであった。その上、三代目の久左衛門は、生まれながらのぼんぼん旦那であったから、商いを大番頭に任せきりで六十過ぎになるまで、浄瑠璃《じょうるり》と動物愛護会の会長に情熱を傾けて来た人であった。

ところが、店を任されている大番頭の弥助は、昔からの財産を律儀に用心深く守るだけが能で、商いを広げるというような才覚が出来ない人間だった。時勢とともに紙質や紙製品の様式が変って行ったが、その推移について行けなかった。特に紙の統制に対する手が打てず、亀久の暖簾だけはあるが、店の内は全く逼塞《ひっそく》していた。

一人息子の久太郎は、また、父の性分をそっくり、受け継いだぼんぼん若旦那で、三十一歳という商い盛りの齢《とし》にもかかわらず、日本舞踊にだけ凝っていた。家の中では、いつも芸人のような派手な和服を着流し、女のようなしぐさで、ものを云った。それというのも、久太郎の母の寿々《すず》が病身で、久太郎が幼い時から、しょっちゅう、有馬へ出養生していて、母親らしいきつい躾《しつけ》もせず、勝手放題に甘やかしておいたためらしかった。

親旦那の久左衛門のこと、御寮人さんの寿々のこと、若旦那の久太郎のこと、それに算盤《そろばん》を預かる大番頭の弥助のこと——、どれ一つとして、久女のような働き者の甲《か》斐性《いしよう》女には、気に入らなかったし、今さらながら仲人《なこうど》の山川きよが遠慮がちに口を切った理由が解《わか》ったが、亀久紙問屋の軒下に、ぴーんと真横一文字に掲げられている水引き暖簾は、大きな魅力だった。

照子は、最初のうちは、姉の芳子と同じように、母親の船場への大げさな憧《あこが》れを、鼻の先で茶化して笑っていたが、憑《つ》かれたように船場に執着する母の姿を見ているうちに、妙に笑えなくなって来た。照子は、死んだ父親似で、小柄なおとなしい目鼻だちであったが、色がぬけるように白かった。性格も、母親に似て勝気な姉に比べて、気の弱い控え目なところがあった。

母親の久女にしつこく口説かれると、結局、亀井久太郎と見合いすることを承知した。国防婦人会の人たちが、街頭にたって、着物の長い袖《そで》を切り、モンペを穿《は》くように声を嗄《か》らして叫んでいる時、照子は、仲人の山川きよの案内で、母に伴われて、久太郎と文楽座で見合いをした。

久左衛門は、和服の上に時代劇に出て来る狩袴《かりばかま》のように襞《ひだ》の少ない、モンペに近い型の袴をはき、久太郎は仕立のよい国民服を着ていたが、肩のあたりに、女性的なやさしい線があった。日本舞踊を習っているせいかと思ったが、その女性的な肩のまる味が、妙に照子の印象に残った。久左衛門と久太郎のうしろに、そっと控えるようにしているのが、いつも有馬へ出養生している御寮人さんの寿々であった。家柄からいえば、亀久より古い暖簾を持っている今橋《いまばし》の菓子問屋から嫁いで来ているだけに、権高ではあったが品の良い静かな顔だちをしていた。もう六十近いと思われるのに、皮膚の滑らかさは、久女よりずっと艶《つや》やかであった。

　仲人で今日の世話役である山川きよが同席しているのに、久女は、任しておけない気の配り方で、手に入りにくなっている弁当の折詰や、お土産の菓子折の手配をしていた。その間も、人形のような冷たさと無口さで、じっと桟敷《さじき》に坐って、舞台に眼を向けている久太郎の母親の寿々に、久女は何かと話しかけていた。幕間《まくあい》になると、もう久女は腫《は》れものにでもさわるような気の遣い方で、

「ほんまに、何と申しましても、船場の御大家のしきたり、作法というもんは、大へんおむずかしゅうおますやろけど、どうぞ、何かと宜《よろ》しゅうお教えのほどを——」

　卑屈なほど、寿々の横にすり寄って頭を下げた。寿々はかぼそい首筋を、ちょっと傾けたが、顔は相変らず、久女とまともに合わさず、

「いいえ、別にたいして変ったことはごわへん」

短く、答えただけであった。

「どう致しまして、何かと船場は、細かい家訓や、奉公人のお為着《しきせ》、四季の更衣《ころもがえ》など、何かとわてら船場育ちやない者には、知らん約束ごとが多いらしゅうおますなあ、船場は――」

久女は、自分の船場に対する常識を披露するように喋《しゃべ》り出した。黙って暫《しばら》く聞いていた寿々は、

「それやったら、あんさんの方が、ようご存知やおへんでっか」

喋り続ける久女の話の腰をぴしゃっと折るように、こう云って、口を噤《つぐ》んだ。

照子は、そんな久女と寿々のやりとりを見て、（あんな商いにしっかりしたお母はんが、なんで、こしらえものの人形みたいな顔して、権式ばかり高うて何の働きもあれへん女に、卑屈におべんちゃらしはるのやろか）と、歯がゆがった。

そんな人を食ったようなあしらいをされても、久女は最後まで、この縁談に努めきり、縁談が起ってから三月目、年明け早々にやっと話が定《き》まった。縁談が定まると、久女は急に横柄になり、

「なあ、照子、なんぼ、船場の旦那はん、御寮人さんいうても、お金が無うては、ど

ないにもなれへん、まさか、暖簾食べるわけにもいけへんやろ、この縁談も、えらい始めのうちは、高うとまってはったけど、だんだんしたら、結局、お金が欲しいねん、そやから、うちからは、うんと張り込んだ支度金付けたげるさかい、あんたはえげつのう嫁《い》きや、なにも遠慮することあれへん、あの古ぼけた人形みたいな御寮人さんかて、支度金付きのあんたの前へ出たら、首うちした菊の花みたいに、だらりとしおれてしまうだけや、つまり、わては、お金で船場を買うたみたいなもんや」

男のような強い口調で、まくしたてた。まくしたてながら久女は、興奮して行くのか、眼を赤く血ばしらせ、唇がたちまち熱っぽく乾いて行った。唇が乾くと、舌で唇を舐《な》めながら、また喋り続けた。そして、今度の船場入りは、どない無理しても、向い側の船場と、こちらを繋《つな》いでいる橋を、りっぱに渡ってみせるのやと、独りで気負いたった。

五

照子が嫁いでから二年目に、夫の久太郎は丙種合格で、だぶだぶの大きな服の中に華奢《きやしや》な体を入れて心細そうに出征した。

久太郎が応召して七カ月目に、大阪最初の空襲を受けて、船場は一夜のうちに焼き払われてしまった。亀久紙問屋の店も、この時焼かれ、久左衛門と有馬の出養生から帰っていた寿々は逃げ遅れ、焼夷弾《しょういだん》にあたって、あっ気なく死んでしまった。

照子は、たまたま、一人子の四つになる久弥を連れて実家《さと》帰りしていて、家のすぐ近くの御堂筋《みどうすじ》に避難して助かった。船場のように太閤秀吉の時代に外敵を懸念《けねん》して、意識して街幅を狭くした街筋は、焼夷弾に遭うと一たまりもなく焼け広がり、避難の方法もむずかしかった。ただ大阪の真ン中を南北に貫く幅二十四間の御堂筋だけが、多くの市民を救った。円山小間物問屋から、一丁半ほど走れば、そこが御堂筋であったから、久女は焼夷弾が落ち始めると、すぐ現金と証文の入っている手金庫を抱えて走った。長男の清一夫婦と三人の子供たちも、みな無事だった。

船場が焼き払われ、終戦になっても、夫の久太郎がすぐ帰還して来なかったから、照子は、ずっと実家に身を寄せていた。母親の久女は、六十になっていたが、相変らず商いに身を入れて、息子の清一が、かえって久女を頼りにするほど、しっかりした商いの目先を持っていた。照子も、戦前に増して繁昌する円山小間物問屋の店先を手伝って、自分と子供に十分な手当をもらっていた。

終戦して一年半目に、ひょっくり、夫の久太郎が還《かえ》って来た。久女は、痩《や》せ衰えた

久太郎の顔を見るなり、

「おおきに、よう還って来ておくなはった」

と喜び、自分の家の一室に置いて、息子の清一より久太郎を大事にして、身の廻りの面倒をみた。久太郎の弱った体が少し恢復《かいふく》しかけると、

「若旦那《わかだん》はん、やっと、しっかりして来はりましたか、体がようなりはったら、真っ先に、あの船場の焼跡へ、もと通りの店建てまひょな」

とけしかけた。久女は、六十歳を過ぎた人とは思われぬ逞《たくま》しい意気込みだったが、男にしては首筋の細過ぎる華奢な久太郎は、

「へえ、まあ、土地はおますけど、土地だけでは、どないにもなりまへん、店を建てるにも、わての力では、でけまへん」

頼りない眼つきをして、笑った。その言葉を引き取るように、久女は、

「若旦那はん、それは、わてに任しておくなはれ、昔通りとはいきまへんけど、ちょっとしたお店ぐらい建てられまっせ、まあ、黙って見てておくれやす」

と云い、その翌日から、久女は東船場の焼跡に、亀久紙問屋の新築にかかった。大工任せに出来ず、久女は毎日のように工事場へ出かけて来ては、小うるさく口をはさんでは、落成開店の日を指折り数えた。

新築開店した亀久紙問屋は、昔通りに深い軒庇《のきびさし》に水引き暖簾《のれん》を真一文字に張った。久女は、三つ紋の黒紋付きを着て、招待客を送り出すと、独りで、大手橋の橋際《ぎわ》に立っていた。それは船場と隣接する街を、隔てる東横堀川の内側であった。久女は、やっと念願がかなって、船場の人になっていたのだった。

この日ほど、久女にとって船場を囲繞《いにょう》する川筋の幅が狭く見えたことはなかった。小さい時からいつも、この川筋の外側をぐるぐる廻り、何度とはなく橋際に立って、船場を羨望《せんぼう》していた久女が、六十一歳になって、はじめて船場を隔てる川を渡ることが出来たのだった。

久太郎は久女の助けを借りて、闇紙《やみがみ》をうまく廻し、開店後の店をきり廻して行く見通しがついた。店の見通しがつくようになっても、久女は、三つ紋の紋付きを羽織って、久太郎に代って取引先や顧客先《とくいさき》を挨拶《あいさつ》に廻って、商いを賑《にぎ》やかにした。最初のうちは、間口二間だった店構えを、三間に広げて商いするようになり、店員も五人ほど置きかけると、久女は、もうすっかり、自分の店である円山小間物店の方をほったらかしてしまい、亀久の方へずっと、居着いてしまった。照子は、七つの久弥の下に、もう一人女の子が出来て、久太郎夫婦と子供二人、久女を入れて五人が亀久紙問屋の家族で、久女は、使用人から、『御寮人《ごりようん》さん』と呼ばれるようになった。

久女は『御寮人さん』と呼ばれる度に、切れ長い大きな眼を、にっと細めて御機嫌笑いをした。新規に地方から店へ入って来た店員が、船場言葉を知らずに、つい奥さんと呼ぶことがあると、

「ここは船場の中だっせえ、奥さんなんかいう人は、ここには居はれしまへん、御寮人さんという人しか、居はれへんのや、それとも、わてが御寮人さんやないというのんか」

血相を変えて、喚《わめ》き散らした。

その度に、久太郎と照子は、顔を見合わせて、苦笑した。船場は、空襲とともに跡かたもなくなり、老舗《しにせ》の人々は四散した。そして、そこには伝統も、因襲もない裸一貫の人々が、どやどやと移り住んだ。

やがて昔の人々が、ぼつぼつ、舞いもどる時が来ても、船場はもう、昔の船場ではなかった。第一、この一画を船場などと呼ぶこともなかった。この一画は××株式会社出張所、△△合同商行などという、看板を掲げたブロック建築の事務所で埋まった。使用人たちの木綿の厚司《あつし》に前垂れは、ジャンパーがとって変った。『旦那はん』や『御寮人さん』などという船場風の呼び名も、いつの間にか、死語になってしまった。船場は、名ばかりで、もぬけの殻だった。

しかし、久女は、店員たちに、しつこく自分を御寮人さんと呼ばせた。若い店員たちには、本人の名前の下に『どん』を付けて呼んだ。たった二人の女中も、上女中と下女中に分けて、上女中は夏になっても浴衣《ゆかた》に帯を結ばせて、簡単服を着せなかった。

久女は、真っ白になった白髪頭をきれいに鬢《びん》つけでなで付け、四季の変り目ごとには、船場風の大げさな更衣《ころもがえ》をした。月の一日、十五日には、氏神詣《うじがみまい》りをして、その帰りには、きまって円山小間物店へ寄ったが、気持よく迎えられなかった。それは、久女が、息子の清一夫婦に向ってでも、まるで、もう、何十年も前から船場に生まれ、育って来たようなもの云いや、態度をするからだった。その上、帰り際になると、必ず、清一の嫁に佐野屋橋の橋際まで送らせ、

「ほんなら、わては川を渡って、船場へ帰りまっさ」

と、思い入れたっぷりで、ちゃら、ちゃら、橋を渡って行くからだった。そんな久女であったから、隣近所の人から、〝船場狂い〟と陰口をたたかれているのを、知らなかった。

（「別冊文藝春秋」昭和三十三年八月）

死亡記事

廊下には、まだ耳に障《さわ》る人の足音もなかった。午前五時を過ぎたばかりで、病院専用の牛乳屋もお菜屋《かずや》の出入りもなく、病院の建物全体が厚い壁に包まれたような静けさの中にあった。

もう、二年近く病床にいる私には、朝になるのが、何より待ち遠しい。終日、ベッドの中に安静にしていて、検温と主治医の診察を受けることだけが、一日中の変った出来ごとである私にとって、睡眠はもう沢山だった。

私は朝の陽の光には、非常に敏感だった。うっすら太陽が射《さ》しはじめると、瞼《まぶた》は、その薄い光さえも吸い取るようにして開く。そして、そこから始まる時間について、何かを期待する。

突然、私の病室の扉《ドア》が、何の挨拶《あいさつ》もなく、無礼に引き開けられ、パサリと、新聞が投げ込まれた。付添婦は、素早くそれを取って、私の枕元《まくらもと》へ置いた。私は、いつものように、新聞の一面から順番に繰って行く。ベッドの上にいる人間には、どこから先に読まねばならぬというような頁《ページ》はない。一番上にある頁から機械的に眼を通して行くだけである。

社会面のトップには、昨日の日曜が今春の最高の人出であったことを伝え、黒い活字に埋まった紙面の中で、満開の桜の写真が、白く浮き出るように一角を飾っている。観光バスの中で盲腸になり重態になった婦人を、パトロールカーと連絡を取って人命を救ったバス・ガールの美談や、大阪の高校生が英語実力コンクールに、全国で一位になったことなどが、でかでかと載せられていたが、私はふと、社会面の最終段の隅に眼を止めた。

四号活字の横に黒線を引いた記事である。それは大畑慶治氏の死亡記事であった。

大畑慶治氏（元毎朝新聞主筆）三月二十八日午後十一時十分、狭心症のため大阪阿倍野区帝塚山《てづかやま》三丁目、帝塚山アパートの自室で死去。告別式は三十一日午後一時から三時まで、大阪阿倍野新斎場で行う。同氏は、大正二年四月毎朝新聞大阪本社社会部へ入社、昭和四年に社会部長、同七年に外信部長、同十年ロンドン支局長、同十一年ヨーロッパ総局長、同十三年編集局長（大阪本社）、同十六年編

集主筆、本社取締役を歴任、昭和二十一年一月自ら退社。

享年《きようねん》六十一歳。

なお、氏は生涯独身であった。

昭和二十四年三月二十九日付の朝刊に記された十五行の死亡記事の中には、新聞人として大畑氏の絢爛《けんらん》たる過去の栄職が物語られていたが、私はその最後の、

『なお、氏は生涯独身であった』

という、一行に激しく心を牽《ひ》かれた。

大畑慶治氏は、毎朝新聞の学芸部に籍を置く私の上司であった。上司であるといっても、終戦になる前々年に女子大を出て入社した私は、直接、大畑氏の指導を受ける機会がなかったが、入社第一日目に人事部長の引率によって、他の同僚三人と主筆室へ面接に行った。

二十畳ばかりの電車道に面した部室は、真っ赤な絨緞《じゆうたん》が敷き詰められていた。四つの窓枠の上から黒い暗幕が分厚く垂れ下り、片側に寄せられている。緞子《どんす》張りの洋風の衝立《ついたて》の向う側に、大畑氏が大きな机を前にして腰をかけていた。和服姿であったの

が、私には意外であった。洋服でも殆《ほとん》どの人が国民服を着ている時に、大畑氏は大島の対《つい》の着物をゆったりと着ていた。

やや赭《あか》みがかった童顔を、真っ白になった髪の下で綻《ほころ》ばせていたが、切れ長い眼は鋭い光を湛《たた》えている。薄く引き結ばれた口元は、その人の強靭《きょうじん》な意志と理性を示しているようだった。

人事部長は、すぐうしろに立っている私にも聞きとれぬぐらいの低い緊張した声で、来意を告げた。

「どうも、ご多忙でしょうが、ご多忙だと思うんですが——」

という最後の言葉だけが、私に聞きとれた。

「いや、今は、何も多忙じゃないよ」

大畑氏の太い声が、人事部長の声を遮《さえぎ》った。広い部室を温かく埋めてしまうような潤《うるお》いのある幅広な声だった。そして、その鋭い眼《まな》ざしを急に柔らげ、私たち四人の方に眼をあてた。

「あ、君たちが今度、新しく入って来た人たち？　毎日、二、三人ずつ戦地に奪《と》られている時だから、ちゃんとした指導はできないけれど、まあ、君たちでできることからやってくれ給《たま》え、新聞の仕事というものは、一生懸命にやりさえすれば、誰でも出来る仕事だよ」

こう云いながら、机の上に開きかけになった洋書を、指先で閉じた。骨太ながっちりした掌《て》で、右手の中指の上部に、異様なほどの大きなペンだこが出来ている。人事部長が、もう一度、何か聞き取りにくい声で云うと、

「いや、別にとりたてて云うことなんか無いよ、皆、教わることは、一応、大学で習って来たんだから――、まあ、何か云うとすれば、君たちが一番注意し忘れる君たちの健康だよ、新聞記者というのは、ともかく、健康で毎日出勤して、待機態勢であることから、ものが始まるんだからね、じゃあ、これで――」

大畑氏は無造作に言葉を切った。私たちは深々と一礼し、部室を出かけた時、大畑氏が、ゆっくり腰を上げた。

私は、あっと口に出そうになった声を、呑んだ。大畑氏の両手に松葉杖《まつばづえ》が握られていたのである。大きな机の陰になって見えなかった大畑氏の下半身には、左足がなかったのである。広やかな上半身が、茶褐色の松葉杖に支えられ、下胴にきちんとつけられた仙台平《せんだいひら》の袴《はかま》の片方は、張りなく垂れ下っている。右足にだけぴしっと履《は》き込まれた白足袋、畳表の草履が、強烈な印象で私の眼を捉《とら》えた。定《きま》って二足揃《そろ》っているものが欠け、欠けたままで動いている奇妙な空々しさが、私を息詰らせた。

一人だけ出遅れて、私は扉《ドア》の内側にたっていた。大畑氏が分厚な絨緞の上を音もなく、杖ついて来た。

「やあ、君一人だけが女性だが、細い体をしているから、特に気をつけ給え」

私は、大畑氏が隻脚《せっきゃく》であった驚きから、辛うじて冷静を取り戻し、はいと返事をして、細く開き残った扉を、すりぬけるようにして廊下へ出た。

その後も、松葉杖をついた大畑氏の姿は、よく編集局で見かけた。戦局は次第に緊迫し、騒然とした編集局であったが、大畑氏の姿が現われると、編集局員は、妙にほっとした落ちつきを取り戻した。しかし陸軍を廻っていた一部の記者の中では、大畑氏のことを、親英米派だと、誹謗《ひぼう》する者もあった。

私は、大畑氏が親英米派か、国粋主義派かは知らなかったが、主筆室に堆《うずたか》く積まれている洋書を通して、大畑氏が大へんな読書家であることだけは推察された。

夏になると、主筆室の扉が簾扉《すだれとびら》になり、室内がよく見通せた。大畑氏は、単衣《ひとえ》の着物に扇風機を、ブンブン吹きつけながら、どんな暑い日でも読書をしていた。大畑氏の経歴からみて、親英米派というのならともかく、私の受ける印象では、大畑氏は、そんな経歴だけで単純に判断できるような人ではなさそうだった。

私の働いている学芸部に、珍しく大畑氏が足を運んで来た。学芸部長に要件がある

のだろうと思い、目礼して通り過ぎようとすると、

「あ、大本さん、君に用事があるのだよ、すまないが、至急に法隆寺関係の資料を集めて、僕の部室へ持って来てくれないか」

たまたま国文科出身である私に、こうした要件を指示した。私は、早速、毎朝新聞付属の図書室へ行って、法隆寺関係の写真、文献を、できるだけ豊富に正確に借り出して、主筆室へ運んだ。

法隆寺関係の文献はもう何年も、書庫の奥に蔵《しま》われて、人の手に触れられる機会が少なかったのか、頁《ページ》の間にまで黴臭《かびくさ》い塵《ちり》が溜《たま》っていた。大畑氏は時々、指先で塵をはじくようにして、眼を通していたが、

「これで十分だよ、要領よく集めてくれたね」

こう犒《ねぎら》いながら、机横のベルに手を延ばしかけた時、パタンと鈍い音がした。大畑氏の茶褐色の松葉杖が、たてかけてあった机横から床に倒れた。私は、駆けより、その松葉杖を手に取った。冷たい重い感触であった。私がはじめて手にした異様な重味だった。そこには、私の量り知れない人生があり、こうした杖に体を支えられて生きて行く人間と、こうした杖を手にしたこともない人間との、異なった世界があるような気がした。

「やあ、何か冷たいものでも秘書課から、持って来させようと思ったんだ、有難う、この机の横へたてかけておいてくれ給え」

大畑氏は、この日は袴《はかま》を脱いで着流しのままで、大きな回転椅子《いす》の上に趺坐《あぐら》をかいていた。着流しで趺坐をかくと、袴をつけている時以上に、隻脚《せっきゃく》の頼りなさが感じられた。大柄な体の上半身が、片膝《かたひざ》のない下半身の上で、妙に不安定に見えた。単衣《ひとえ》の着物で掩《おお》われた片一方の膝の辺りだけが、すこすこと薄っぺたいのは、大腿部《だいたいぶ》から切断されているらしい様子だった。

私は、五尺六寸程の大畑氏の体軀《たいく》から、その左足がどうして離れて行ったのか知りたかった。その日の帰途、私は先輩の矢口さんをつかまえて聞いてみた。矢口さんは、演劇を担当している中年の記者で、この日、地方巡演の移動劇団に随《つ》いて廻り、帰阪したところであったが、私の質問を聞くなり、

「これは面白い、えらく大畑さんの松葉杖《まつばづえ》に興味をもったもんだな、僕たちはもう、古い話だから、人から聞き出されなくちゃあ話す気になれん伝説だよ」

矢口さんは、出張料の残りで、闇鍋《やみなべ》でも食べながら話してやろうといった。闇鍋というのは、毎朝新聞社の近くに、顔見知りの者にだけ、闇ですき焼を食べさす店が一軒あったが、それを指しているのであった。出張先で手に入れて来た酒を持ち込み、

闇鍋をつつきながら矢口さんは話し出した。

大畑氏は、その日、毎朝新聞の近くの小料理屋の一間で、一人きりで酒を飲んでいた。自分の眼の前に、五本、十本と、銚子《ちょうし》をぐるりと林のように並べて飲み続けていた。体はすっかり正体を失っているくせに、気持だけは妙にしゃんとして、二十本ほどになった頃、大畑氏は、足もとを踏みしめるようにして起《た》ち上った。

戸外に出た途端、溝板《みぞいた》につまずきそうになったが、体をまっすぐに支えて、蒸し暑い裏通りを抜けて、梅田の方へ足を向けた。

阪神電車の終電車は出てしまったあとだった。がらんとしたプラットホームの広さが、全身に汗ばんだ大畑氏には快かった。どう思ったのか、大畑氏は、一旦《いったん》、プラットホームを出てから、阪神電車の線路に沿って歩き出した。鈍い光をもった二本の軌道が大畑氏の足もとから遠く前方へ延びていた。大畑氏は、その軌道の上に足を載せ、酩酊《めいてい》した足を引きずるようにして歩き出した。

どれほどか歩いた頃に、線路脇《わき》に雑草が揺れ、じっとり湿っぽかった。大畑氏はふと、足を止め仰向いて暗い夜空を見上げた。突然、異様な音響が、大畑氏に掩《や》いかぶさって来たと思った途端、大畑氏は硬い砂利の上に投げ出され、全身に灼けるような熱さと痛みを感じた。半町程先に四角い電車の箱が停止し、赤い停止ランプが暗闇の中で揺れ動いた。下半身に異様な感触がした。激痛はなかったが、ぬるりとした妙な頼りなさがあった。右手を下半身に向かって動かしかけた時、意外な近さで、ぐにゃりとした生温かい感触がした。仰向けに倒れた体を、辛うじて横にすると、そこに大畑氏の体を離れた足があった。不思議と血塗られず、美しい薄桃色がかった肉色をしていた。

前方から大きな人声と足音がした。突然、大畑氏の大きな体軀がふらふらと、起ち上ったかと思うと、右手に切断された自分の足を握り、赤い停止燈をつけた電車の方に向かって、掲げるようにして、

「無礼者、待て！」

と、怒鳴った。大畑氏の白いワイシャツには、血しぶきが絞り染めのように散っていた。

この時、大畑氏は、今から十八年前、三十七歳で、敏腕な社会部の副部長として活躍していた。そして、この左足を失って以来、大畑氏は瀟洒《しょうしゃ》な洋服姿から、現在の和服姿に変り、外国へ行く時も、ずっと着物で通したのであった。

無礼者、待て！　私は大畑さんの悲愴《ひそう》な声が、そこに聞えるようだった。矢口さんの話に多少の大げさな脚色があるとしても、私はこの話は真実だと思った。それだけの剛毅《ごうき》さが、私の知る大畑氏の静かなたたずまいの中に十分、感じ取られた。

私は酩酊している矢口さんと梅田新道の交叉点《こうさてん》のところで別れ、一人梅田の地下鉄の方に向かって歩いた。燈火管制に入っている街は、大きなビルディングも、その周囲の小さな商店も、早くから表口を閉ざし、窓も暗幕で掩われている。街を行く人々も、おし黙って影絵のようにひっそり歩いている。私は、思わず、空を見上げて、大きな息を吐いた。

在学中から、切迫して行く戦局の中で、息苦しい思いをして過ごして来た私は、大畑氏の話を聞いて、初めて胸が広がって行くような昂《たかぶ》りを感じた。

翌年の秋になると、もう、編集局の中は、苛《いら》だたしい投げやりな空気が支配していた。

大本営発表の赫々《かっかく》たる戦果を組み込んだばかりの編集者が、すぐその口の下から、自嘲《じちょう》した声をたてて笑った。この編集者とその記事を書いた陸軍を廻っている記者とが眼を合わすと、一瞬、激しい敵意に満ちた視線を絡《から》み合わしたが、すぐ互いに弱々しい馴《な》れ合った笑いを口もとに泛《うか》べた。

雑多なデマが乱れ飛んだが、私は、そんなデマより、陸軍記者と編集者との妙に荒れた苛だたしい絡み合いを見て、ことの真相を判断していた。

こんな時機に、大畑氏は突然、新聞社の棟続きになっている別館に居を移して、そこを日常の住いにすることになった。いくら戦局が切迫していても、部長級が自宅から通勤している時に、重役である大畑氏が、家族と離れて、新聞社の別館に泊り込むなど、少し大げさに過ぎるようだった。しかし、これは、私の大畑氏の私生活に対する無知から来る誤解であった。

大畑氏は車で社から三十分程の距離になる帝塚山のアパートに、婆《ばあ》やと二人暮らしだったのである。その婆やが、空襲を恐れて故郷の鳥取へ帰郷してしまい、大畑氏の身の廻りを世話する人がいなくなったから、別館に移り住み、秘書課の者が替り合って世話をすることになったのである。大畑氏の身内であるたった一人の妹さんは、四国の素封家《そほうか》へ嫁いでいて、大畑氏の荷物を四国へ疎開《そかい》するようにしきりに勧めたが、大畑氏は荷造りが面倒だからと、応じなかった。

大畑氏は、帝塚山のアパートに家具類をそのままにして置き、重要な書類と身の廻りのものだけを持って、十畳ほどの別館の洋室へ移り住んだ。私は、一度、学芸部長の緊急用務を持って、朝早く大畑氏の部屋を訪ねたことがあったが、十畳の部屋の中は、机と書籍とベッドの簡素な生活であった。

朝が早かったせいか、まだ秘書課員の姿は見えず、別館の雑務係のおばさんが、トーストと卵、紅茶を、食卓に並べていた。私が入って行くと、

「早くから御苦労——、ボイルド・エッグ一つどうかな、四国にいる妹が、人にことづけてくれたんだよ」

その頃、もう手に入りにくくなっていた卵の半熟を、淡いグリーンの小皿に載せて、私にすすめた。

五十六歳の大畑氏は、豊かな肩幅に黄八丈の丹前の衿《えり》もとをきちんと合わせ、鼠色《ねずみいろ》の絞りの兵児帯《へこおび》を締めていた。窓から射《さ》し込む初秋の陽の光の中で、大畑氏の皮膚は、齢《とし》よりも艶々《つやつや》しく、切れ長い眼が温かく澄んでいる。白髪に陽が当る度に、白い光がくだけ散るようで、美しかった。

私は、大畑氏が独身であることを不思議に思った。隻脚であることなど、大畑氏が独身である決定的な理由にならない。栄職にあり、齢より若々しく健康な大畑氏が、今日まで独身であるには、隻脚よりほかの、もっと重大な原因が隠されているに違いないと信じた。しかし、その隠された理由を知り得る機会は、意外に早く来た。

十一月に入ると、急に底冷えが続き、季節外れの寒さが続く時、大畑氏は風邪をひき込み、こじれたまま病床に臥《ふ》してしまった。私の家が、たまたま缶詰《かんづめ》問屋であったから、手に入りにくい牛肉と蟹《かに》の缶詰をお見舞に、大畑氏の部屋へ届けに行った。

夕方の薄暗い廊下を伝って、奥まった大畑氏の部屋の前まで来ると、すんなりと伸びた白い人影があった。私が近付いて行くことにも気がつかぬ気配で、その白い顔を俯《うつむ》けて立っていた。私がたち止った途端に、重たげにその顔をあげた。それは高名な大江画伯の夫人、大江芙蕗《ふじ》であった。学生時代から絵が好きで、よく展覧会を見ていた私は、大江画伯の油絵の中に出て来る夫人の顔をよく知っていた。

もう五十近いはずであるのに、面長の白い肌、大きな強い瞳《ひとみ》、温か味のある厚い唇、奔放な情熱を内蔵する美しい顔であった。私は、憧憬《どうけい》に近い気持で目礼すると、大江芙蕗はやや困惑した複雑な表情で眼をしばたかせた。その時、大畑氏の部屋から、秘書課長が出て来た。仕立のよい国民服を着た秘書課長は、慇懃《いんぎん》な口調で、

「どうしても、大畑主筆はお会いになれないそうです、どうも、わざわざ東京からお出で下さいまして申しわけありませんが――」

「お会いできないほどお悪いんでしょうか、ほんの少しの時間でも、お宜《よろ》しいのですけれど――」

「え、それが、そうお悪くはないのですが……ともかく、お気分がすぐれませんので……まことに申しわけありません」

日頃から口の固い秘書課長は、余分な社交辞令など付け加えず、きちんと大畑主筆の言葉だけを伝えている。暫《しばら》く双方で言葉が跡絶《とだ》えたが、大江芙蕗は、

「では、どうかお大切にとお伝え下さいまし、私は、今度、東京から神戸の山手へ疎開致しましたから、またご気分のお宜しい時に、改めてお伺い致します」

こう云いながら、黄色い紙包みを秘書課長に手渡して、静かにもと来た方向へ体の向きを変えた。その途端、空《うつ》ろに見開かれた眼から、大粒の涙が噴きこぼれていた。そして青磁色のお召を着たすんなりとした背中が、よろめくように暗い廊下の端へ消えて行った。

それから暫くして、大江芙蕗が、曾《かつ》て大畑氏の愛人であったことを知った。二十四歳の美術学校の学生であった芙蕗は、三十三歳の俊敏な記者であった大畑氏と、神戸で体を貪《むさぼ》り合うような生活をしていたが、神戸の芸術家たちが集まる『ドンの会』で、当時、フランスから帰国して来たばかりの大江画伯と出会うと、忽《たちま》ち、大江画伯のもとへ走ってしまったのだった。

しかも、その体には、大畑氏のものであるかも知れない子供を持ったまま、走って

しまったのだった。大畑氏は黙って、それに耐えた。ただ酒の量が俄《にわ》かに上って、毎晩のように泥酔した大畑氏の姿が見かけられた。大畑氏が片足を失ったのは、それから四年目だった。

この事故を新聞記事によって知った大江芙蕗は、すぐ大阪の病院へかけつけて来た。その頃、既に大江画伯は別の愛人をつくっていると云われていたが、大江芙蕗はいささかの窶《やつ》れも見せず、美しかった。そして大江芙蕗によく似た秀《ひい》でた眉《まゆ》と大きな強い瞳をもった四歳の男の子を連れていた。この時も、大畑氏は、ベッドの上で病室の天井を見上げたまま、

「会いたくないんだ」

と、一言云い、感情を表に現わさなかった。その後、大江芙蕗は、長い外国生活のためや、長男が大畑氏の子供らしいという噂《うわさ》になっていることを知って、ぷっつり、音信を断ってしまっていたのだった。

五十近くになっても、なお美貌《びぼう》を失わない顔に、涙を噴きこぼしたまま去って行った大江芙蕗の姿と、固く閉ざされた大畑氏の部屋の分厚な扉が、私の心を烈《はげ》しく叩《たた》いた。そこには、哀《かな》しい男の怒りが籠《こ》められているようだった。そうして、私は以前にもこのような大畑氏の姿に、間接にではあるが出会った記憶がある。

それは、私が入社して半年目になる年の九月初めの、定期の人事異動が発表された日のことであった。

掲示板前へ、開襟《かいきん》シャツを着た汗くさい編集局員が、集まっていた。内勤のデスクにつく者や、外勤で出先の部署へつく者などで混雑する十時頃であったが、辞令を貼《は》り出した掲示板前は、人が動かなかった。私も、人の頭ごしに、チラチラ見える辞令を見ていたが、背後で、囁《ささや》く声がした。

「きついことをするやないか、大畑主筆はよほど、城山を嫌《きろ》うてるな、城山はおきまりの停年退職になっとおる、こんな人手のない時、停年でも、たいてい嘱託になって残ってるのに、まだ阿川丸事件が祟《たた》ってるのやろか」

阿川丸事件——、私は、そこに何か大畑氏を知る秘密があるような予感がした。妙に気にかかりながら、四、五日経《た》ってから私は、調査部の新聞閲覧室へ入って行った。まず索引のところで、海運のところを索き出し、次いで（あ）のところをずっと、眼で追って行くと、阿川丸遭難、大正八年十二月四日《ひ》、別府航路で霧のため瀬戸内海沖で坐礁《ざしょう》、沈没という記事を見つけた。

私は、自分の社の毎朝新聞の保存紙だけではなく、対抗紙である阪日新聞も開いてみて驚いた。毎朝新聞が、無惨な敗北をしていたのである。阪日新聞は、遭難のニュースと同時に、乗船していた船客名簿を、大きな紙面をぶっつぶして掲載していたが、毎朝新聞にはその一行もなかった。入社して半年ぐらいの私にも解《わか》る滑稽《こっけい》なほどの負け方であった。私は、閲覧室の主任に、

「この阿川丸事件では、どうして、こんな差がついたのかしら」

と聞いてみた。五十過ぎの主任は、入社したばかりの私が、全くの取材上の勉強と早合点して、快く説明してくれた。私は、その説明の中に、大畑氏の人間像が克明に浮彫りされているのに気がついた。


阿川丸事件の起った当夜、三十一歳の大畑氏は社会部の夜勤デスクとしての配置についていた。夜勤デスクというのは、夕方から、午前二時の終版締切まで、デスクの前にじっと腰を据え、突発的な事件に備えた夜勤部員を指揮する役目であった。大畑氏はストーヴを抱えながら、社会部のデスクから離れず、手もち無沙汰《ぶさた》に雑誌の頁《ページ》をくっていた。十時を過ぎた頃に、大畑氏の親友で、紡績を廻っている前田記者から電話がかかって来た。

「おい、どうしてるのや、えらい寒い晩やな、何かありそうか」

酩酊《めいてい》しかけた上機嫌な声が、受話器の向うから伝わって来た。

「ところが、今夜は珍しく火事一つないよ、つまらん雑誌を広げているだけだ」

「ほんなら、出て来いや、堀江で飲んでるのや、行き先をちゃんと云うて置いたら、事件が起っても、ここから八分で社へ帰れるよってな」

「うん、だが夜勤デスクだからな」

「窮屈なことを云わんと、三十分でもええから、きゅっと温《ぬく》もりに来いや、俺《おれ》一人なんや」

「じゃあ、場所と電話番号は？」

大畑氏は、苦笑しながら、前田記者のいう飲屋の場所と電話番号をメモした。

堀江中通二丁目の市電停留所前を西へ一町入り、角から三軒目、東側の店、おでん屋『お多福』電話＝西の四一〇番
こう記して、大畑氏は同僚の城山記者に手渡し、何かあったら直ちに連絡するように頼んだ。城山記者は、デスクではなかったが、大畑氏とは同期生であった。いつも上下揃《そろ》ったスーツを着ず、フラノのズボンに、ホーム・スパンの上衣《うわぎ》を着ることが好きで、アナウンサーのように行き届いた言葉を喋《しゃべ》る男であった。

「いいよ、こちらは心配しなくっても、何かあれば連絡するからね」

快活なきれいな声で大畑氏を送り出した。大畑氏が、堀江のお多福ののれんをくぐ

ると、待ち受けていた前田記者は酒くさい息を吐きながら、大畑氏の首へ巻きついた。

「ほんとに、三、四十分だけだぜ」

と断わり、椅子《いす》にかけながら、大畑氏は、この店に電話のないことに気付いた。

「おい、前田、この店には、お前のいった電話がないじゃあないか、困るぜえ、いい加減なことを云ってくれては――」

番台の上にうつ伏せている前田の肩を揺さぶると、

「あ、それは、この店の隣のガレージについてる電話や、いつも簡単に呼び出して貰《もろ》うてるから、つい云い忘れたんや、すまん、すまん」

前田は、また、ぐにゃりと、うつ伏してしまった。大畑氏は、坐りかけた腰をすぐ上げて、隣のガレージへ入って行った。十坪ほどの狭いガレージで、タクシーを二、三台走らせているタクシー屋であった。いやに貧相な親爺《おやじ》が、胡散臭《うさんくさ》そうに、じろりと見た。

「隣のお多福から借りに来たんだが――」

こう云うと、親爺は、黙って頷《うなず》き、あごで電話器の場所を指した。

城山記者を呼び出すと、大畑氏は、

「さっき記した電話番号は、隣のガレージの呼出しだぜ、うん、すぐ隣なんだ」

こう念を押してから、やっと落ち着いて、酒を飲み出した。大畑氏を呼び出した前田記者は、もう、うつ伏したまま軽い鼾《いびき》をかいた。大畑氏は独りで、ゆっくり飲み出した。一時間経っても、社から電話がかからない。今夜は、よくよく暇な夜なんだなあと、気を楽にして飲み続けていたが、やはり夜勤デスクというのが気になり、それから三十分程してから、大畑氏の方から城山記者へ電話をかけた。

電話口へ出て来たのは、同僚の城山記者ではなく、社会部長の田辺であった。

「馬鹿野郎！　何をぐずぐずしてるんだ、阿川丸が瀬戸内海で沈んだんだ、どこだ、居場所の連絡もせず、なに？　詳しいことはあとで云う、よし、車はすぐそっちへ廻す、神戸港へ走ってくれ、第一報は十一時半だ」

大畑氏は、受話器を置いた。腕時計は十二時十分を示している。第一報を聞いてから四十分経過している。

毎朝新聞の車のシートに、大畑氏はぐったり背中をもたせかけた。第一報を聞いてからの四十分の差は大きい。これを取り戻すには、奇跡を待つよりほかはない。奇跡――、先に飛び出した阪日新聞の車が、大阪、神戸間の国道で事故を起してくれることしかない。それは、全く神頼みのような奇跡に過ぎない。時速、百キロ、吐き気を催しそうなスピードで、深夜の国道をふっ飛ばす車の中で、大畑氏は弱々しく笑った。それにしても、なぜ、城山記者が、すぐ自分に連絡をとらなかったのか、大畑氏は、解釈に苦しんだ。

神戸港の関西汽船の事務所は、警官と新聞記者と遭難者の家族で、ごった返していた。その中で、関西汽船の昂奮《こうふん》した社員の声と、ひっきりなしに鳴り続ける電話のベルが、甲高《かんだか》かった。窓ごしに見える冬の海は、真っ暗な闇《やみ》に包まれ、沖に碇泊《ていはく》する船の灯で、やっと、そこが海だと知ることが出来た。

大畑氏は、ぶつかり合う人の間を縫うようにして行き、やっと城山記者を摑《つか》まえた。

「おい、船客名簿はどうした」

「あ、遅かった、船客名簿は阪日新聞の奴《やつ》が奪《と》って帰っちゃった」

「え、奪って帰ったって？　そんな、無茶な！　関西汽船の方の事務はどうなるんだ」

「それで、今、関西汽船から取返しに行ってますよ」

「じゃあ、僕たちは船客名簿なしの記事か——」

呻《うめ》くように大畑氏は、絶句した。やはり、四十分の差は大きかった。大畑氏は直ちに城山記者のほか三名、先に到着していた後輩の記者を指揮して、阿川丸遭難の場所、原因、船客、乗組員の生死調査を取材した。

翌朝の新聞は、真っ先に船客名簿を奪取した阪日新聞の圧倒的な勝利であった。毎朝新聞は、一版遅れて、関西汽船から連絡して貰った船客名簿を入れ、当日の気象、海流、阿川丸の造船構造、船長の航海経験年数など、あらゆる角度から検討した記事を載せたが、最初の出あしの遅れは取り戻せなかった。新聞読者にとっては、如何《いか》なる記事よりも、船客名簿が必要であった。

三日間、ぶっ通しに社会面のトップを占めた阿川丸海難事件が、一応、落着すると、大畑氏は田辺社会部長に呼びつけられた。

「社会部の夜勤デスクが、出先を云わずに飲みに行くというような、いい加減な話があるか、どうしたんだ、あの晩は」

「デスクをはずしたのは、何といっても、僕の落度で申しわけありません、しかし、出先はちゃんと連絡しておいたんです」

「誰にだ」

「城山君に、連絡しておいたんですが」

すぐに城山記者も、その場に呼ばれた。

「大畑君から、君は出先の連絡は聞いていたのかね」

「え、聞いておりました」

城山記者は、常よりもさらにきれいな、やや女性的な音声で答えた。

「じゃあ、どうして、責任もって、あとを預かったんなら、大畑君へ連絡しないのだ、車で五分あれば帰社できる地点じゃないか」

「すぐ致しました」

「え？　した！」

田辺社会部長と大畑氏は、同時に叫んだ。

「第一報が入った時に、すぐ私自身が電話しましたが、そんな人いないという返事で、もう一度かけようと思っていましたら、もう車が出発すると、自動車部から云って来ましたので、交換手に連絡を、ちゃんと頼んで発《た》ちました」

「ほんとうに、かけたのか」

田辺社会部長は、もう一度、念を押した。

「ええ、確かに」

大畑氏は、思わず、城山記者を殴打《おうだ》しそうになったが、はっとした。

「城山君、君は、あの電話番号が僕の飲んでいたお多福の隣の、ガレージにある呼出し電話だということを忘れて、いきなり、大畑おりませんかと、云ったのではないか」

大畑氏はせき込むようにして、云った。一瞬、城山記者の白目の多い眼が大きく動揺したように見えた。しかし、落ち着いた声で、

「君は、あの電話番号が、そんなガレージの呼出し電話だとは云ってなかったよ、おでん屋のお多福だと云ったじゃないですか」

「そんな、いい加減な、僕は責任逃れしようと思ってるんじゃないんだ、阿川丸事件でぬかれたことは、どんな責任でも負うけれど、その晩の夜勤デスクとして、出先を正確に連絡もせず、飲んでいたというだらしの無さだけは、訂正したいんだ、君にどう、こういう迷惑はかけない、そこだけを、僕はせめて部長に認めてもらいたいんだ」

大畑氏は、城山記者の顔をまともに見て云ったが、城山記者は、

「大畑君、君の連絡にガレージのことはありませんでしたよ」

「そんな、君、ひどい！」

怒気を含んだ大畑氏の言葉を押しつぶすように、城山記者は、胸ポケットから、一枚の紙片を出した。

「これが、君自身が書いて、僕に渡して行った連絡先のメモですよ」

確かに大畑氏が、記したメモであった。大畑氏はそのまま、黙ってしまった。田辺

社会部長は、暫《しばら》く二人を見詰めたまま、口を噤《つぐ》んでいたが、

「大畑君、譴責《けんせき》の上、減俸だ」

こう云い切ると、田辺社会部長は、席をたった。大畑氏は、向かい合って起《た》っている城山記者の顔を見た。城山記者は、気まずい笑い方をしたが、大畑氏はくるりと背を向けて、編集局を出た。

社員大会は、五階の大会議堂で行われた。九百人集まった社員の前で、その月の信賞必罰が行われる。編集、営業、工務局の各局において、特別、功績のあった者が、まず最初に表彰される。次いで、社の名誉を傷つけた者、もしくは業務上重大な過失のあった者が、居並ぶ社員の前で譴責される。

譴責の項目に入ると、大畑氏の名前が真っ先に呼び上げられた。正面に向かって並んでいる社員の間から、俄《にわ》かに私語が聞えた。その間をかきわけるようにして、上背のある大畑氏の体が、ぬうっと前に出て、中央の壇上に立っている社長の真下に、姿勢を正した。

阿川丸海難事件ニ関シ、報道ニ必要ナ敏速、正確、完全ヲ欠キ、ソノ上、当夜ノ夜勤デスクトシテノ、勤務ニ怠慢デアッタ点ヲ、厳重ニ譴責スルト共ニ、減俸ヲ命ズ

語句を区切るようにして、社長が読み終る間、大畑氏は真っすぐ頭を、壇上に向けて、起立していた。そこには、職務上の過失の咎《とが》めを受ける人間の慎みはあったが、それ以上の卑屈さも怖《おそ》れもなかった。じっと大きな眼を見開いて、何ものかに耐えるようにして、聞き取っていた。そしてこのこと以来、大畑氏は、城山記者を許さなかった。

ここまで話したあと、新聞閲覧室の主任は、急に声を落して、

「大畑さんは、その後も沈黙して、ことの真相を語らなかったけれど、たまたま大畑さんが、城山記者にかけた電話を聞いていた社内の電話交換手の口から洩《も》れたんですよ、私はその頃、あんたのように、入社したばかりだったけど、社員大会の一番前の列で見た大畑主筆の堂々とした姿――、ちょうど交通事故で足を失われる五、六年前で、三十一、二ぐらいでしたが、受ける感じは、今と同じように立派でしたよ」

と云った。

私は、このとき聞いた阿川丸事件と、大江芙蕗を拒んだ大畑氏とを重ね合わせたのである。大畑氏は、何よりも卑劣なことを許せない人だった。阿川丸事件の場合は、卑劣な城山記者の心を憐《あわ》れむように、自らはそれ以上弁解せず譴責を受け、大江芙蕗の場合もまた、浅はかな女の変心を憐れむように頑《かたく》なに拒んでいる。どちらも厳しい

男の怒りのように思えた。

たまたま大江芙蕗の姿を廊下で見、それから大畑氏と大江芙蕗のことを聞いて以来、私は以前にも増して、大畑氏にひそかな敬意を持った。入社して二年目の若い私は、こんなに厳しい人生があることに感動した。私は大畑氏という一人の人物を通して、すべての人生を考えるようになった。


大畑氏は、四カ月間にわたる病床を離れて再び、翌年の三月の初めから、毎日午前十時になると、松葉杖《まつばづえ》をついて主筆室へ出社してくるようになった。私は生気を取り戻した大畑氏の姿を、遠くから見詰めていた。そして廊下で、大畑氏と行き違うことがあると、できるだけゆっくり、深く頭を下げた。その間だけ、大畑氏と私との結びつきが保てるように見えたからである。重役である主筆と、一学芸部員である私が、個人的に話をする機会も雰囲気も、社内にはなかった。しかし、それでも、私は幸いであった。

どこへ行くにも防空頭巾《ずきん》と布嚢《ずのう》を手放せない程、戦況は逼迫《ひっぱく》し、多くの社内の人は絶望的な面持をしていたが、私は、大畑氏のいる社へ出勤するのが、高い塔へ一段、一段よじ登って行くような勢い込んだ気持であった。

大畑氏は、社屋の周囲に爆風を避ける防風壁を急造することを命じた。殆《ほとん》どの大工が軍需工場へ徴用されてしまっていたから、専門の大工を三人ほど呼んで来て、それに社内の、手の空いている社員たちが代り合って防風壁を造りあげた。

この防風壁が出来上って半月目から、急に空襲が激しくなり、夜間だけではなく、昼間からB29の爆撃があるようになった。社員の出勤率も目立って悪くなり、新聞は殆ど大本営の発表だけで埋め、一人一人の記者が足で書いた丹念な記事が少なくなって行った。大畑氏は、そんな新聞を編集局の真ン中にたったまま、眼を通しては、一言も批評せず、黙って主筆室の方へ去って行った。大畑氏が、眼尻《まなじり》を上げて、大声で叱咤《しった》激励しても、もうどうにもならないほど、人の心は毎日の敵機の襲来に怯《おび》え疲れ切っていた。新聞作りよりも、少しでも知人の伝《つて》を求めて荷物を疎開《そかい》したり、米の買出しをしたりすることに狂奔していた。社内でも、輪転機を一台、山奥へ疎開したり、編集部の移動方法、非常事態の取材連絡法を、真剣に検討していた。

明らかに毎朝新聞や阪日新聞、大阪新聞などの、新聞社の密集地帯を目指していると思われる偵察機も、この頃から急に頻繁《ひんぱん》になった。偵察機を、爆撃機と間違って、軍用電話をもって地下室の編集室へ移ることが、度々であった。二階の編集局と地下の編集室を、何度か往復しているうちに、次第に社内の者たちは疲れ、しまいには、投げやりな鈍い気持になって、地下室へ待避する者も少なくなって来た。私も、同じところへ、同じ恰好《かっこう》で往復することに疲れた。机の下にもぐり込んで、爆音が頭の上を通り過ぎて行くのを、待つことが多かったが、この日の空襲警報を聞いた途端に、本能的に無気味な切迫感を感じた。

空襲警報のサイレンが鳴った時、私が図書室の奥深い書庫の中に独りいたせいかも知れない。社屋もろとも、周囲の書籍が大きな音をたてて今にも、私を目がけてなだれ落ちて来そうな怖ろしさを感じた。私は、夢中で書庫の本棚の間を走った。書庫から図書室の入口に出るまでの二十メートルほどの距離が、ひどく遠いものに思えた。図書室から廊下に出ると、もう、廊下には人影もなく、真向かいの編集局の扉は両側に押し開き、そこにも人影が無い。リノリウムを敷いた床《ゆか》が妙に広々として輝いていた。ガラス窓から見える電車通りにも、街ゆく人の姿が見えない。耳朶《じだ》が鳴るような怖ろしい静けさであった。私は絶望的な恐怖に襲われた。

いきなり、廊下を駆け出し、地下の非常用の編集室につながる階段を、五、六段降りかけた時、ふと、背後に人の気配を感じた。大畑氏であった。どうしたのか、足の不自由な大畑氏の傍に、秘書課員の姿が見えない。大畑氏は、独り松葉杖をついて、一段、二段、階段を降りて来ようとしている。いつもと同じように和服に、襞《ひだ》の少ない袴《はかま》をつけて、上半身を真っすぐ崩さず、杖を運んでいる。私は、駆け降りようとした足を停めた。そして、一瞬、私は非常な勇気を奮い起して、降りかけた足を、またもとに戻して、三、四段駆け上った。大畑氏の横へ私の肩を持って行き、

「どうか、この肩へおつかまり下さい」

振り仰ぐようにして、こう云った。

「いや、君は危ないから、先へ行きなさい」

大畑氏は、叱咤するような険しい語調であった。私は、戸惑った。その時、遠くから爆音が聞えていた。

「危ない……、君は早く行くんだ！」

私は、迫って来る爆音の怖ろしさと、大畑氏の語調に突き飛ばされるようにして、転がるような速さで、地下室の編集室へ走った。

地下の編集室は、もう退避者で一杯に詰っていた。地下には、ほかにも定められた退避場所があったが、多くの人は軍用電話や軍用地図などの重要書類を保存している非常用の編集室が、一番、堅牢《けんろう》に出来ていることを知っていた。どっと、ここへ押しかけた人たちが、入口のところで、犇《ひしめ》き合っていた。私は入口からはみ出している人の背中に、しがみつくようにして、うずくまった。

ダアッ！ダアッ！ダアッ！うずくまった体が、そのまま横倒しになるようなすさまじい音響であった。思わず、体を床に伏せた。防風壁を越えて、爆風がざっと吹き込んで来た。死を待つような近さで、爆弾が投下されている。床に貼《は》りつくように匍匐《ほふく》した人の群れが、息を詰めて、身動きもしない。蒸し暑い人いきれだけが、生温かく伝わって来る。

私は、ふと、自分の背後に聞える音に気がついた。カタ、コト、カタ、コト、静かな乾いた音であった。私は、床に体を伏せながら、顔をうしろ向きにねじ向けた。大畑氏が、やっと二階から一階へ降り、一階から地下へ続く階段を降りて来るところであった。切れ長い眼を、じっと足もとに注意深く向け、一段、一段、松葉杖で体の調子を取って、乱れのない姿勢で降りて来る。

ダアッ！　ダアッ！　ダアッ！　床に伏せた腹部に投下爆弾の地響きが伝わり、爆風が防風壁を越え、ガラス窓が、鋭い軋《きし》みをたてて壊れた。

ダアッ！　ダアッ！　ダアッ！　カタ、コト、カタ、コト、ダアッ！　ダアー！　ダア！　カタ、コト、カタ、コト、――匍匐している私の体の前面からは、間断ない爆弾の地響きが伝わり、背後からは、大畑氏の静かな松葉杖の音が聞える。私は眼を閉じた。不思議に落ちついた気持であった。松葉杖の音は依然として続いていた。

大畑氏は終戦の翌年の一月に、戦争中の主筆としての責任を取り、自ら退社した。何かと理屈をつけて責任を回避する人間の多い中で、どちらかといえば、親英米派と誹謗《ひぼう》されていた大畑氏が、職務上の引継ぎをすますと、まっ先に毎朝新聞を去って行った。そして、その翌年、私は新聞の仕事の過労から倒れ、二年近く療養する身になってしまい、大畑氏に会う機会もなかったが、一トン爆弾の爆撃にあった日、地下室の床の上に伏して聞いた大畑氏の静かな松葉杖の音は、忘れることが出来なかった。

戦後いち早く、新聞社の催しで、海外の高名な演奏家が呼ばれ、私も餓《う》えたように聞き惚《ほ》れたものだが、この爆音の中に聞いた大畑氏の松葉杖の音に、代り得る静謐《せいひつ》な音は無かった。

病室の前を、コツ、コツ、区切るような足音が通り過ぎて行った。早朝勤務の医者の足音らしい。まだ暗い人気《ひとけ》のない病院の中で、その靴の足音だけが、廊下一杯に響きわたっている。この足音に続いて、私は、遠くの方から、松葉杖の音が聞えて来るような気がした。それは隣の外科病棟から、こちらの結核病棟の方へ近づいて来るようであった。

カタ、コト、カタ、コト、カタ、コト、……その固い静かな乾いた音は、大畑氏の松葉杖そのもののようであり、そしてまた、大畑氏の心そのもののようでもあった。

私は、白いベッドの上で、耳の肉を薄くして、その音に神経を研ぎすました。長い病院の廊下の端から、聞えるようでもあり、或いは私の幻聴であるかも知れない。しかし、その静かな音は確実に私の耳に伝わり、心の中へ響いて行くようだった。私は、枕《まくら》もとに置いた新聞をもう一度、手に取ってみた。

『なお、氏は生涯独身であった』

十五行の死亡記事の、最後の一行に眼をあてた。栄職で埋められた死亡記事の中で、そこだけが、大畑氏の真実を語る一行のように思えた。

（「小説新潮」昭和三十三年十月号）

持参金

持参金、一千万円、別に、敷地三百坪に建坪六十坪の新築の家と、家具一切調製というのが、中村家から持ち込まれた縁談であった。この縁談を仲人《なこうど》から持ち込まれたマルイチ洋品雑貨店の店主、市田民造は、妻のきぬと、思わず、勘定高い眼を見合わせ、

「ふうん、現金で一千万円でっか、それに新築の家と家具一式付きで、しかも養子やないと来てる——」

と、仲人の大井与志《よし》のいる手前もかまわず、声に出して呟《つぶや》いた。

日曜日にもかかわらず、朝から乾燥した風が、心斎橋筋を南から北へ吹きぬけ、客足が鈍り、妙に閑散としていた日だけに、市田民造は、この縁談に浅ましいほどの昂《たかぶ》りをみせた。

息子の民四郎は、そんな民造の気配に、ちらっと、眼をあてたまま、無関心な顔を

して、わざとゆっくり煙草《たばこ》の煙を吐いた。

ガラス越しに見通せる店では、兄の民一が、若旦那らしく、こまめに、商品の値札を確かめている。この長男の民一と同じように、次の民次、民三郎も、おのおの、梅田新道と阿倍野橋の繁華街に支店を出して貰《もら》って、小さいながら、一軒の店の店主に納まっている。この本店と二つの支店を持つのが、マルイチ洋品雑貨店の現在の資力の限界で、民四郎だけが、紡績会社へ勤めている。まあ、五、六年、洋品雑貨と関係のあるK紡績会社へ勤めて、他人の飯を食ってから、時機を選んで民四郎にも店をというのが、父の民造の言葉であったが、当の民四郎は四男の冷めし食いへの体《てい》のいい因果ふくめと取っていた。それだけに、突然、持ち込まれた持参金付きの縁談に応対している父を、意地悪く観察していた。

五尺そこそこの小さい躰《からだ》で、ものを云うと顔一杯に小皺《こじわ》の出る貧相な民造と、六十近くになりながら、顔の色艶《いろつや》がよく、油断なくよく動く眼をした仲人の大井与志が、熱っぽい調子で喋《しゃべ》り合っては、馴《な》れ馴《な》れしい笑い方をした。

「そやけど、お与志さん、話がちょっと大き過ぎるやおまへんか、なんぼ、船場《せんば》で、一、二の中村屋はんやいうたかて、金目《かねめ》が張り過ぎだっせ」

「そう思いはりまっしゃろ、ところが、ええ加減な仲人口やおまへん、それだけの持参金と家を付ける代りに、婚期が遅れてはるのと小さい時から病身で、学校へはいかず、ずっとお家で家庭教師について女学校卒業程度までしてはることと、それに器量の悪いという難がおます、それでつい、親御さんとしては、でけるだけの支度を張り込みたい云うてはりますねん」

「そんな小さい時、学校もいけんかったような体で、よう、結婚できまんなぁ、なんぼ、どえらい持参金付きやいうたかて、まさか、結婚しても、使いもんになれへんような嫁はんでは、な……」

民造は、語尾を卑猥《ひわい》ににごした。

「いえ、それは懸念《けねん》おまへん、体が弱いいうて、学校へもあげんとお乳母さんの郷里《さと》で、家庭教師をつけて育てはったぐらいに大事にしはったので、今では、もう、病気の心配はないそうだす、もちろん、小さい時の体の工合というのも、肺病や心臓病やいうような、たいそう悪い病気やおまへん、腺病質《せんびょうしつ》のひ弱なお体やったそうでっさかい、な……」

今度は、与志が、露骨な顔をして、民造と、民四郎の方を見た。

民四郎は、そ知らぬ顔をして、相変らず、煙草の煙を鼻から吐き出しながら、ガラス越しに客足の悪い店先に眼を向けていた。

しかし、民四郎の頭の中では、素早く別な勘定が動いていた。大学出で二十八歳の自分が、一流メーカーと云われるK紡績会社に勤めていて、サラリーは一万九千円である。マルイチの商号で知られている市田洋品雑貨店の四男であればこそ、たまに父親に無理を云って贅沢《ぜいたく》の一つも出来るが、殆《ほとん》どの同僚は、皆この一万九千円にプラス三千円の家族手当で夫婦二人暮らしの生活をしている。ところで、ここで一千万円の持参金ということになると、固い資産株か、投資信託に廻しても年一割で百万円の利子、遊んでいても一カ月約八万円余りの懐金《ふところがね》が転がり込む。民四郎は、素早く、頭の中でパチパチと算盤《そろばん》を弾《はじ》いた。

母のきぬは、女中が運んで来た高坏《たかつき》を受け取り、与志に生菓子をすすめながら、女らしい用心深さで口を開いた。

「そいでも、たったそれだけの難に、一千万円も張り込みはるのは、ちょっと話がおかしやおまへんか、そんな難ぐらい、普通の家の娘さんなら、大なり、小なりあることでっしゃろ、なんぞ、ほかに、もっと深い理由《わけ》がおますのと違いまっしゃろか」

「いいえ、それがおまへんねん、わてもそこのところは、よう調べておます」

大井与志は、齢《とし》にしては派手過ぎるひき茶色の結城絣《ゆうきがすり》の広襟を、ぐいと突き衣紋《えもん》にして、民四郎の方へ向き直った。

「ご本尊の民ぼんは、一体、どない思うてはりまんねん、さっきから黙って聞いてはるばっかりやけど——」

「僕でっかいな」

民四郎が曖昧《あいまい》に笑うのを、与志の底光りする眼が、しっかりと捉《とら》えた。民四郎の弾いた胸算用を、ちゃんと読みとっているような、狡猾《こうかつ》で、押しつけがましい眼である。

「そない黙ってはらんと、民ぼんの意見、聞かしとくなはれ」

与志は、とってつけた追従《ついしょう》笑いをしながら、押っかぶせて来た。

「僕の意見でっか——」

民四郎は、わざと間をもたせておいてから、

「そら、中村屋はんの嬢《いと》はんと、一千万円が引き合うか、どうか、見合いしてから定《き》めたら、宜《よろ》しおます、結婚は、恋愛結婚か、取引結婚か、どっちかや、金の欲しい男が、堂々と取引結婚するのも、お父はん、根性の一つだっせえ」

いきなり、民四郎は、父親の鼻先をはたくような意地の悪さで、こう云った。民造は顔色をかえたが、与志は、

「さよだす、ぼんぼんみたいに割り切りはったら、話も早よおますわ」

民四郎をおだてあげるように、唇を緩め、膝先《ひざさき》に置いた﨟纈染《ろうけちぞめ》の手提げ袋の口を開

けた。

「まあ、お写真でも見ておくれやす、一千万円で引き合うか、引き合いまへんか」

八つ切りの写真は、中村千賀子の上半身を写したものだった。街の写真館で撮ったらしく、椅子《いす》に軽く背をもたせかけ、無地に花模様の訪問着を着ている。写真全体が複写のように、何となくぼけた感じであったが、顔がぼってり白く、眼と鼻と口の線が、不自然なほどのきれいさで浮き出ている。修整されていることは確かだが、それを割引いて見ても、まず十人並の容貌《ようぼう》であった。

「これやったら、一つも不細工なことあれへん、白餅《しろもち》みたいにぽちゃりとしてるだけやないか、ともかく一回、見合いして、ほんものを見せて貰うことや」

民四郎は、こう云いながら、もう一度、瞳《ひとみ》を凝らして、中村千賀子の写真を見詰めた。

大井与志と市田家との関係は、心斎橋に店を持つ市田洋品雑貨店と、そこへ紳士靴下を納品する問屋との取引上の関係であった。マルイチの商号を名乗っている市田洋品雑貨店は、格別の暖簾《のれん》のある店ではなく、市田民造一代で築いた店であったが、売上高では、心斎橋の通り筋でも、上位の中に入っている。それだけに、紳士靴下の問屋である大井与志にとっては、大切な小売店であったから、盆、暮の念の入った挨拶《あいさつ》はもちろん、民四郎の三人の兄たちが嫁を貰う時も、与志は身内のように、とりこみの手伝いをした。次々に新しい織物や型の出て来る競争の激しい靴下業界で、市田洋品雑貨店へ、二十年余りも変らず、大井靴下から一手に納品しているのは、大井商店の品質の確かさに加えて、この与志の取引先への勤めぶりが利《き》いているともいえる。

今度の民四郎の縁談も、こんな与志の勤め気から、はじまっていた。

与志の話によれば、中村メリヤス問屋は現在、五代目を継いでいる中村久右衛門が当主であった。御寮人《ごりょうん》さんである駒江との間には、三人の娘があり、長女は六年前に養子をとって家業を手伝い、末娘も昨年、宮内省出入りの御菓子司へ嫁ぎ、残っているのが、中嬢《なかいと》はんと呼ばれている二十七歳の千賀子であった。船場の旧《ふる》い家では二十三歳までが娘の婚期と考えられていたから、千賀子の婚期は遅れていた。

見合いの日は、吉日の三月二日に、中村屋でということに決った。本来なら女方《おんながた》の家で見合いというのは、無礼な話であるが、もし不縁になった時、外での見合いは噂《うわさ》がたちやすいから、お茶のお招きをする形にしてほしいという、申し入れであった。

この申し入れを、仲人の大井与志から聞くなり、民四郎は、フン、呼びつけの見合いか――と、気に障《さわ》った。だが、船場有数の中村メリヤス問屋の家内《いえうち》をのぞいてみたいという興味が手伝い、面子《めんつ》を気にする両親も説得した。

見合いの日まで、一週間あった。民四郎は毎日、勤め先の紡績会社へ通いながら、この話はいつかエイ子にしなければならぬと思った。

民四郎のいる織物販売部と、エイ子のいる庶務部は、大きな部屋の中で、二筋の机の列を隔てているだけであった。斜め向うで、エイ子の五尺三寸の大柄な体が、民四郎の視線を意識して、挑発するようなポーズをとりかけると、民四郎はさらに気が重くなった。

はじめのうちは、そんなエイ子の肢体をみて、机の陰で劣情に駆られていた民四郎であったが、二年も、ずるずる肉体関係が続き、昨年の暮に無理矢理に堕《おろ》させてからは、エイ子の体に対する興味を失《な》くしかけていた。関係が出来た時から、エイ子はまるで市田洋品雑貨店の四男と結婚するのが初めからの目的であるかのように、性急に結婚を迫った。その度に、民四郎は来月こそは、いや来々月こそはと、ぬらりくらりと逃げ、たまに、洋服を買ってやったり、学生時代の友人に車を借りてドライヴに連れて行ったりして、機嫌をとった。そんないい加減な民四郎に、エイ子の方がくたび

れたのか、あきらめたのか、この頃では結婚をせがまなくなった。その代り毎月、お化粧代として五千円欲しいと云い出し、

「もう、やいやい結婚してくれ云わへんけど、一生、あんたから離れてやれへん、もし、あんたが良家《ええし》の娘さんと結婚しても、二号でもええから、ずっと一緒にいてな」

と、割り切った風だった。しかし、民四郎より一つ齢下《としした》で、美しい肢体と勝気な性格をもつエイ子が、言葉通り、実際に本気で割り切っているか、どうかは、疑問だった。

民四郎は大津工場から届いたばかりの、夏ものの見本織を、機械的に繰りながら、春には夏もの、冬には春ものをと、一シーズンずつ先に織り、一年中、新柄発表とその販売に追われていることに倦怠《けんたい》を感じた。しかも、その販売実績のグラフの赤い線だけは、弛《たゆ》みなく、民四郎を追いかけ、威圧する。頭を擡《もた》げると、エイ子が、肩をすぼめ、両手に大げさなアクションをつけて、首をすくめた。外人が驚いたり、感嘆した時によくする動作であったが、エイ子のそれは、今日の演劇研究会を忘れぬようにと、いう合図であった。

関西の職場演劇グループが集まっている白熊座《しろくまざ》の研究会は、毎週土曜日の午後から、梅田新道のA画廊の二階で催された。四月に春の公演会をもつので、稽古《けいこ》はいつもよ

り真剣になっていた。演し《だ》ものは、森本薫の『華々しき一族』と、白熊座の文芸部員が書き下ろした『鋪道《ほどう》』であった。エイ子は、『華々しき一族』の女主人公、諏訪《すわ》を演《や》ることになっているから、民四郎より先に研究会へ出かけた。民四郎は大学時代、演劇部に籍を置いていたが、別に演劇に情熱や志望を持っていたのではなかった。色は少し黒いが、やさしい眼と描いたような濃い眉毛《まゆげ》の民四郎の顔が、二枚目に要ると、おだてあげられて入っただけで、演技の方はねっから上達もせず、ワキばかりに廻されていたが、民四郎はそれで、結構、面白かった。K紡績へ入社してからも白熊座に加わり、エイ子を一座へ誘ったのも民四郎だった。この頃では、民四郎よりエイ子の方が熱心で、地で行く悩殺的な演技で、いつの間にかスター扱いにされるようになっていた。

民四郎が、A画廊の二階へ上って行くと、『華々しき一族』の立稽古が、休憩に入ったばかりだった。立稽古にはメーキャップが要らないのに、エイ子は驕慢《きょうまん》な主人公のメーキャップをして、陽気に喋っている。民四郎は、エイ子と視線を合わせるなり、眴《めくばせ》をして二階の事務所の方へ呼んだ。

人気《ひとけ》のないだだっ広い事務所の片隅に、膝をくっつけるように向い合うなり、民四郎は脚本《ほん》のストーリーを話すような、さり気なさで切り出した。

「僕、結婚するでえ」

一瞬、エイ子は蒼《あお》ざめた。

「相手は誰や思う？」

エイ子は、大仰に不貞《ふて》くされて見せ、

「誰やと思うというのなら、私の知ってる人やね」

「知らん人や」

「そんなら、そんな思わせぶりせんでもええやないの」

「そやけど、聞いたらびっくりするで、相手は金や、一千万円や」

それを聞いて、エイ子の顔色がまた変った。民四郎は調子づいて、今度の縁談のいきさつを話した。

「ふうん、一千万円の持参金と新築の家――」

エイ子は、羨望《せんぼう》とも、軽蔑《けいべつ》ともつかぬ奇妙な声をあげた。民四郎は、云いわけがましく、愛情はこっちだという風に手を延ばして、エイ子の二の腕にさわりかけた。エイ子は、体をくねらせて、民四郎の手を避けた。

「そない無理して恰好《かっこう》つけんかて、かまへんわ、あんたがうちの会社で、停年まで働いても、手取り三百万円ぐらいの退職金やわ、それに、失礼やけど、あんたとこのお店かて、財産は一番上のお兄さんが大方握りはる、そしたら、まあ、四男坊のあんたなんかは、二百万円位の家、一軒たてて貰えるのが、せいぜいやないの、一千万円の持参金は、ええ就職やわ、うちの化粧代も、うんと値上げしてもらわんならん」

エイ子は、どこまで演技か、本気か解《わか》らぬほどの熱っぽさで、早口で喋り、喋り終ると、民四郎の肩へ、今度は、エイ子の方からぐいと体を寄せつけた。

見合いの日の前日になってから、急に中村家から、娘が風邪ひきで臥《ふ》せているから、一日延期して、三月三日にしてほしいと申し入れて来た。そして、ちょうど、当日は女節句にあたるから、雛祭《ひなまつ》りのお招きにしたいという口上であった。

翌々日、民四郎は、見合いに出かけるというより、一千万円の契約に行くような昂りが自分を充《み》たしているのに気がついた。

見合いの時間は、二時からの約束であったが、仲人の大井与志は昼過ぎから市田家へやって来て、市田民造の機嫌をとったり、きぬの髪結いや着付けまで手伝った。

本町四丁目の中村屋の前までタクシーを乗りつけると、待ち受けていたように、店員が走り寄り、車のドアを開けた。

五間間口の店の間をぬけて、通庭《とおりにわ》を伝って、中の間の上《あが》り框《がまち》から次の間に通ると、広さ十畳、書院造り、長押《なげし》無しの奥座敷になる。床廻りも嫌味のない簡素な感じで、縁側は楓《かえで》の木らしい、どっしりした部厚い板が、丹念に拭《ふ》き込まれて黒光りしている。前栽《せんざい》は、棕櫚《しゅろ》竹《ちく》、槇《まき》、樫《かし》、松などの常磐木《ときわぎ》ばかりで埋められている。これは色花は品が悪いと嫌がる船場の庭作りだったが、民四郎の眼にはひどく殺風景に見えた。

床の間の横に、赤い毛氈《もうせん》を敷き詰めて雛人形を飾っているが、古色をもった由緒《ゆいしょ》ありげな内裏雛《だいりびな》であった。女中に案内されて、床の間を背にして敷かれた四枚の座布団の上へ、左から民造、きぬ、民四郎、与志の順番に坐った。女中が引き下るのと、入れ違いに襖《ふすま》が静かに開いた。

「本日は、どうも御足労いただきまして、おおきに有難うさんでございます」

中村久右衛門は肥《ふと》った大柄な体を、民造の向い合わせの位置において、軽くくだけた物腰で挨拶したが、それがかえって人を人とも思わぬ尊大さを感じさせた。唐桟《とうざん》の着物に博多《はかた》独鈷《どっこ》の角帯を締め、前褄《まえづま》をきちんと合わせて礼儀正しい坐り方であるが、ゆったり構えた肉厚な上半身と、眼の据え方が、大商人の傲岸《ごうがん》な自信を示している。民造は、気を呑《の》まれ、

「へえ、こちらこそ、手前がマルイチの市田民造でございます、この度は思いがけぬ御縁談《おはなし》で――」

まるで、下手《したで》な商いでもするような恰好で、揉《も》み手《で》をした。丁稚《でっち》から一代で成り上げた商人と、ぼんぼん育ちで五代目を継いだ大商人の差で、始めから位負けがしている。

「あ、こっちが民四郎はんでっか」

久右衛門は、磊落《らいらく》に会釈《えしやく》した。民四郎は型通りの挨拶をしながら、尊大な久右衛門の態度に軽い反感を感じた。母親のきぬは、民造と民四郎の間に、小さくなって挟まり、気詰りな青い顔をうつ向けていた。

中村家の方では久右衛門に続いて、御寮人《ごりようん》さん、姉娘の夫婦が並んだが、姉娘の千代子も、その養子婿《むこ》の正一も、慇懃《いんぎん》なもの腰の中に、どこか人を侮《あなど》った気配があった。そんな気配を、御寮人さんだけが、気を遣い、女中の運んで来るお茶まで、途中で受け取り、

「ほんまに、当家《うち》の者は、みな口下手で行き届きまへんでごわすけど、どうぞお気に障りまへんように——、この度は、娘の千賀子のことで、わざわざおみ足お運びいただきまして、おおきに——、只今《ただいま》、本人をご挨拶に寄こしますよって、どうぞ宜《よろ》しゅうに」

その場をつくろうようにして、市田家の者の顔色を見た。

硝子《ガラス》障子越しに、廻り廊下を伝って来る人影がした。人影がしているのに、足音もない静かに辷《すべ》るような歩き方だった。奥座敷の前まで来て、二つの人影が止まったかと思うと、細目に開いた硝子障子の間から、ローズ色の着物を着た千賀子が、うしろの白髪頭の人影に押し出されるようにして、敷居際《ぎわ》へ坐った。坐りながら、両手をついて深く顔を伏せ、そして、静かに上げた。

あっと、民四郎は、声をあげかけた。真っ白な顔、あまりに白い顔だったからである。京都風な厚化粧の顔が、庇《ひさし》の深い薄暗い座敷の中で、夕顔のように、ぽっかり浮かび上っている。しかも、その白さは、雛壇の内裏雛と通じる分《ぶ》の厚い白さであった。

「娘の千賀子でごわす、小さい時から病身で家内《いえうち》ばかりで育ちましたんで、きつい恥ずかしがりで、ほんまにもの云わずで困っております、千賀子、みなさんにあんじょう御挨拶しなはれ——」

御寮人さんが、千賀子に代って喋《しゃべ》った。千賀子は、もう一度、丁寧に頭を下げ、雛壇の方へにじり寄って、甘酒を朱塗りの盃《さかずき》に入れ、脚付台《あしつきだい》の上に載せて、最初に民造の前へ運んだ。この時も、静かに会釈しただけだった。きぬの前にも同じように、甘酒を献盃《けんぱい》した。

民四郎は、じっと千賀子を見詰めていた。ローズ色の裾《すそ》模様を着た千賀子は、五尺一寸足らずの小柄で、細い華奢《きやしや》な手と九文そこそこの足袋を履いていた。袖口《そでぐち》からのぞいている腕も、坐り際に見える足袋上の脚首も、異様に白かった。音もたてず、畳の上を歩き、妖《あや》しい美しさであった。しかし、それは操り人形のようなぎこちなさと、静かさと、無表情さであった。それでも民四郎の前まで来ると、切れ長い一重瞼《ひとえまぶた》が微《かす》かに瞬《また》き、甘酒を載せた脚付台が、小きざみに震えていた。

「どうもおおきに、僕はこの甘酒が好物ですねん」

「え！」

千賀子は、怯《おび》えたように、一瞬、眼を見張ったが、重ねて、民四郎が、

「いや、どうも男のくせに甘酒が好きで――」

大げさに頭を振って快活に話しかけると、

「いえ、あの――」

低く答えて、硬くなってしまった。

与志にも甘酒を勧めて、千賀子が、姉の横へ坐ると、久右衛門は待ち構えたように口を切った。

「こんな頼りない娘でっけど、早速と御縁になるようだしたら、支度は仲人はんに云うた通りさして貰《もら》います、そして、阪急沿線の甲東園あたりに家を建てて、この娘と

女中ぐらいでひっそり暮らして戴《いただ》き度うおます、口数の少ない娘ですよって、人の出入りの多い商家には向きまへん、そやよって、民四郎はんも、今の会社止《や》めんと、まあ、気楽に勤めて戴いたら結構だす」

「いや、そない、そちらばかりに……」

市田民造が、何か言葉をはさみかけたが、久右衛門は自分の大きな声で聞えないのか、横柄《おうへい》なのか、民造の言葉を遮《さえぎ》り、

「ところが、ここで、特にお願いしときたいのは、もし御縁になりました節には、ごく気のおとなしい娘のことでおますし、手前《てまえ》どもの店の信用や世間体もありますさかい、ちゃんとした納得でける理由がない限りは、不縁にして戴きまへんように――、いや、まあ、こんな手前勝手なことばかり云いますのも、つまりは、娘可愛《かわい》さという奴《やつ》でして、まあ、一つ、市田はん、宜しゅう頼んます」

どこまでも慇懃で、高びしゃである。久右衛門の方も、この縁談を取引と割りきっているらしい。仲人を通して、持参金、家付きの条件を出したからには、その縁談《はなし》に来ている人間は、条件と見合いに来ているものと見ている。御寮人さんのように、尋常の見合いらしい気の遣い方もせず、商談のように、言葉丁寧に説明して、売り込み、そして、自分の方の云い分をちゃんとつけている。

民四郎も、最初から、同じように割り切っているだけに、そんな久右衛門の態度は、一向気にならない。ただ相手の云い分を用心深く、聞いているだけである。しかし、民造は、そう、きっぱり割り切れないらしく、先程、云い出しかけた話の腰を折られてからは、侮辱されたようにねっちり黙り込んでいる。

久右衛門は、そんな民造を一向、気にもかけず、また言葉を継いだ。

「まあ、市田はん、あんまり、ことをむずかしゅう考えんと、これからは、商いの方も、何か、わてで力になるようなことおましたら、お互いに儲《もう》けようやおまへんか」

「いや、それはもう、こちらこそでおまして——」

「これも、御縁というもんでしたな、ハ、ヽ、ヽ、……」

こう付け加えて、久右衛門は高い声で鷹揚《おうよう》に笑ったが、民造は、うろたえたように、眼をしばたたかせて恐縮した。終始、久右衛門独演の、奇妙な見合いである。

酒と料理が運ばれて来た。黒塗り膳《ぜん》の会席が出されると、それまで、権高な顔をしていた姉の千代子も、急に愛嬌《あいきょう》をふりまき、養子婿の正一も愛想よく、民四郎に話しかけ、中村屋の人々は、俄《にわ》かに多弁になった。そんな中で、千賀子は、姉の傍らへ静かに坐ったまま、白い顔を動かさなかった。

仲人の与志は、もう縁談が出来上ったような思いで有頂天になり、雇女《やとな》のように酌をして廻った。

家に帰るなり、民四郎は台所で水をがぶがぶ、立ち飲みして、自分の部屋へ入って、どさりと仰向けになった。

疲れた民四郎の頭の中に妙な鮮明さで、千賀子の白い顔がうかんで来たが、不思議にその声が思い出せない。低い声か、かすれた声か、それとも甘いのか、どうもよく思い出せない。そうだ、とんでもないことを見落すところだった。千賀子は、終始、『え』『いえ』『あの』と、絶句するような短い言葉しか云わなかったのだ。それは或る種の知能指数の低さか、強度の吃《ども》りであるのかもしれない。ともかく、一千万円の持参金の原因が、器量であるなどとは信じられなかった。ほんとうの理由は、もっと他《ほか》の重大なところにありそうだと、民四郎は考えた。

翌朝になると、もう与志は、昨日の縁談の返事を尋ねに来た。

民四郎は、もう一度、千賀子と会ってから決めたいと云うと、与志は、この民四郎の希望を聞くなり、当惑したような顔をした。

「なんぞ、民ぼん、いやなことでもおましたんか、昨日、よう見はりましたやろけど、ええ顔だちしてはるやおまへんか」

「いや、僕にちょっと考えがあるのや、もう一回、できたら二人だけで、どこかで会う機会つくってんか」

「それが、実は、最初から、中村屋はんでは、見合いは一回きりにしてくれ云うてはりまんねん」

「そんな阿呆《あほ》な、なんぼ、えらい持参金付きでも、こっちをなめ過ぎてるやないか、そんなら、もう御破算にしたろか」

「民ぼん、そんな、えげつないこと云わんと——」

与志は顔色を変えたが、結局、中村屋へ足を運んで、民四郎の希望を伝えた。

中村屋では、もう一度、千賀子と会わせることを承諾したが、その日時と場所は、当方に任せてくれという話であった。

それから五日目に、中村屋から、明日、午後一時半に天王寺本坊のお茶室でお待ちするという旨《むね》を知らせて来た。この日は、土曜日にあたっているから、民四郎にも都合がよかったが、いつも一方的に日時と場所を定める中村屋の態度は、やはり、民四郎にとって不愉快だった。

朝から、どんより雲が垂れ落ちて、汗ばむほどの気温でもないのに、肌がじとじとと湿《しっ》けるような日だった。民四郎は、事務机の上の、織物見本帳をわざとゆっくり整理し、市場実績の統計をのろのろと書き入れた。正午から午後一時頃までの、中途半端な時間を、いい加減な残業にするより仕方がなかった。エイ子を誘って中之島あたりで簡単な昼食でもしようと思ったが、エイ子は、白熊座の稽古《けいこ》に夢中になって、正午のベルが鳴るなり、さっと庶務部から姿を消した。民四郎は、会社の地下の食堂から、ライスカレーを持って来させ、生ぬるい茶で流し込むようにして食べた。

時間、きっちりに天王寺本坊へ着くと、もう中村千賀子は、先に来ていた。松や杉や檜《ひのき》の樹影《こかげ》が映っている泉水の側《そば》を通って、茶室へ行くと、敷石の上に臙脂色《えんじいろ》の皮台の小さな草履と、柾目《まさめ》の通った台に、茄子《なす》紺《こん》の鼻緒《はなお》をすげた下駄が、脱ぎ揃《そろ》えられている。

千賀子は、淡い藤色《ふじいろ》の着物に、さび朱の帯を締めて、躙口《にじりぐち》に坐っていた。その背後に白髪頭の老女が、きちんと坐っている。見合いの日に硝子障子の外から、そっと千賀子を押し出すようにした老婆《ろうば》らしかった。眼に人を見通すような光と、窮屈な固苦しさがあった。

「あ、市田さんのぼんぼんお越しやす、手前は中嬢《なかいと》はんの乳母を致しておりましたせきというもんでごわす、本日はまた、おみ足を戴き、恐縮致しております、不調法でございまっけど、お点前《てまえ》を差し上げとうおますので、どうぞ、こちらへおあがりやす」

もの柔らかな声であったが、言葉のすみずみにまで、折目正しい張りがある。

「実は、僕は、お茶席というのが苦手で、作法知りまへんけど、まあ、千賀子さんとゆっくり、お話をと、いうつもりです」

「いえ、この節の男はんは、みな、さようでござります、どうぞ、お気楽にお一服してくれはりましたら、結構だす、さ、中嬢はん、お点前を――」

せきは、千賀子を促すようにした。

千賀子は、赤い袱紗《ふくさ》で、シュン、シュン、煮えたぎっている茶釜《ちゃがま》の蓋《ふた》を取り、柄杓《ひしゃく》を構えた。六畳ほどの茶室の明り窓を通し、春陽《はるび》がかすかに流れ込んで来る薄暗い部屋の中で、千賀子の白い顔が、陽炎《かげろう》のようにゆらゆら揺れた。日本人形のように切り揃えた前髪の下に、墨でひいたように整った眉《まゆ》と、黒い一重瞼が大きく見開いている。濃厚な厚化粧であるが、どこかふっくらとした愛らしさがある。民四郎は、エイ子の愛読している岡本かの子全集の口絵の写真を、思い出した。こってりした舞台化粧のような厚化粧でいながら、一つの雰囲気を持っている岡本かの子に似ていると思った。

お茶が運ばれて来た。淡い藤色の着物が、すうっと民四郎の眼の前にたち、そのまま、褄先《つまさき》をくずさず、ぴったり畳の上に坐った。民四郎の名も知らないような褐色の古器が、拭《ふ》き込まれた畳の上に置かれた。

民四郎は、我流で一服、飲みながら、

「千賀子さんは、大分長いこと、お茶を続けてはるのですか」

「え」

朱色の口紅をさした薄い口もとを、やや綻《ほころ》ばせた。

「そいで、お流儀は、どちらですねん」

千賀子は、黙って、小首をかしげた。

「裏でっか、それとも、表ですか」

「ええ」

小さく頷《うなず》いた。

「家庭に入ってからも、ずっと稽古を続けはるつもりでっか」

「いえ、あの――」

戸惑ったように、千賀子はせきの方を見た。民四郎は、心の中で、(俺は、何というう馬鹿げた質問をしてるのや、この『え』『いえ』『あの』以外を、云わせてみるのが、今日の目的やないか)と舌打ちをした。せきが、千賀子に代って、何か、云いかけた時、民四郎は、話題をそらせた。

「千賀子さんは、岡本かの子の小説、お好きでっか」

「ええ」

「失礼でっけど、あんたのお顔、よう、岡本かの子に似てはりますなあ」

千賀子は、また黙って、微かに笑った。

「僕も、あの人のもの、読みますねんけど、あんたはどんなとこお好きですねん」

「あの——」

と云って、一瞬、千賀子の言葉が詰ったが、うつ向けていた顔を真っすぐ民四郎の方へ向けると、

「わて、あの方のもの、大好きでございます、あの人のものは、美しい生花を、そのまま、ガラスの器の中に入れたような哀《かな》しさで……」

「え？」

民四郎は、驚くように聞き返した。

「わては、小さい時から、学校へ行かんと、お家の中で、独り、ご本ばかり読んで過しましたけど、あの人のもの読んでましたら、わての知りまへん色や音が、ぎらぎらするような烈《はげ》しさで、わてを包んでくれました——」

千賀子は、意外に明るい華やかな声で、よどみなく話した。そして、大きな眼を、驚くほど生き生きと輝かしている。

民四郎は、千賀子の言葉が終っても、接穂《つぎほ》を失ったように、呆然《ぼうぜん》としていた。人前にも出られぬぐらいの吃りどころか、美しい抑揚をもった大阪弁であった。

「あの、民四郎さんも、よう、あの人のものお読みやすでっか」

読みもしない小説の話をして恥をかいてはと、民四郎は曖昧《あいまい》な返事をし、

「そないに岡本かの子がお好きやから、千賀子さんは、お化粧の仕方まで一緒にしてはるわけでっか」

民四郎がこう云った途端、千賀子は、はっと顔色を変えたようだった。

「え、このお化粧の仕方は、わてが、ただ好きでっさかい――」

「いや、別に悪い云うてるのやおまへん、あんたみたいな目鼻だちの整うてる人は、そないお化粧しはらん方が、かえってひきたつと思うてるだけだす」

民四郎は、慌《あわ》て気味に、千賀子の気分をとりなしたが、せきは何と思ったのか、

「それは、手前がおすすめしたお化粧でおます、手前が京都生まれなもんでごわすので、つい、小さい時からお預かりしとりました中嬢《なかいと》はんにも、京風のお化粧をおすすめしたわけだす、それにまあ、よう、お似合いになりますもんで、もう何年も、ずっ

とこう致しております」

説明しながら、民四郎に同意を求めるような強い視線をあてた。着物の折目が、ピンとたっている渋鼠色《しぶねずいろ》のお召を着、澄んだ眼で民四郎に話しかけるせきは、乳母などという古くさい表現より、年老いた厳しい家庭教師といった方がふさわしかった。言葉も柔らかい大阪弁であるが、語尾にじわっと絡《から》みつくような妙な強靱《きょうじん》さがある。こんなせきに、預けられていた千賀子は、表見《おもてみ》の割に、相当、芯《しん》の強い女であるかも知れない。

民四郎は、もう一服、お点前を所望しながら、千賀子を見詰めた。器量と知能に、持参金の原因がないならば、その原因はもっと大きなことと、いうことになる。船場の奥深い家の中には、一体、何が隠し蔵《しま》われているか、民四郎は容易に分らない。静かに手捌《てさば》きよく動いている千賀子の赤い袱紗の色が民四郎の目に沁《し》み入るように痛かった。

月曜日のランチ・タイムに、エイ子と顔を合わすなり、民四郎は、第二回目の見合いの結果を話した。

エイ子は、コーヒー茶碗《ぢゃわん》を下に置くと、その腫《は》れっぽったい大きな眼を、わざと考

え深そうにしばたたかせながら、

「私は、なんや、そのせきとかいう、乳母みたいな人が、えらい気になるわ、それに千賀子さんが、小さい時から預けられてはったんやったら、そのせきいう人の家へ一回、行ってみたらええやないのん」

「エイ子も、そない思うか、僕も、そない思うてるねんけど、大阪のちょっとした商家同士で縁談が起った時は、だいたい仲人に任して、乳母の故郷《くに》まで調べに行くような信用のないことせえへん、縁談も信用取引でやらんといかんのや」

「そら、あんたみたいなお婿《むこ》さんになる男の人が、一人、のこのこ、行ったら、おかしいし、すぐ中村屋はんにも解《わか》るよって、今度の日曜日に、私と山科《やましな》までハイキングのつもりで行ったら、ええやないの」

エイ子は、異様な熱心さで、民四郎にこう云った。エイ子は、今度の見合いの内容の複雑さそのものに興味をもっているのか、山科行きにことかけて、もう一度、民四郎とよりを戻す機会を作ろうとしているのか、それとも、もっと残酷な興味だけを持っているか解らなかった。民四郎は煙草《たばこ》を一本点《つ》けながら、探るようにしてエイ子の顔を見た。

日曜日の昼過ぎに、民四郎とエイ子は、京阪電車で京都の河原町三条まで出た。ここで京津線に乗り換えて、山科駅で降りた。

昨夜、仲人の与志が、中村屋の決定的な返事をしつこく催促して来た時、民四郎は、さんざん、せきの態度のりっぱさを褒めた。与志ははじめ、怪訝《けげん》な顔をしていたが、途中から、

「そやさかい、あのもの云わずの中嬢《なかいと》はんかて、きっと、芯のあるしゃんとした気性に違いおまへんで、実は、わても、二、三日前に、中村屋の御寮人さんに聞いたとこだすけど、あのおせきはんが、中嬢はんを山科へ預かってる時、躾《しつけ》のことならともかく、学問の方は自信がないからいうて、同じ山科に住んではる竹田安秀いうお医者さんの先生に、中嬢はんの健康と勉強の両方をお願いしてはったそうだす。おせきはんは、あれで、貧乏士族の出で、学問もおますのに、そない慎重にするお方やいうことだす、まあ、わてら商家に育った者とは、ちょっと肌合いが違いまっけど、間違いはおまへんやろ」

調子付いたように喋《しゃべ》った。与志は、せきの確かさを褒めあげることによって、千賀子を裏付けようとしたのだった。

竹田安秀、医者、山科――、民四郎は素早く、正確に頭の中へ畳み込んでいた。

駅から、小一時間ほど歩くと、もう、そこは山科の奥で、深い樹々《きぎ》の繁《しげ》みに、三月

半ばを過ぎた春の陽ざしが映り、若葉の裏にまで白い日溜《ひだま》りがあるようだった。せきの生家である八木家は、人に聞くと、すぐ教えてくれた。煤《すす》けた土塀をやや長くめぐらせた奥に、瓦葺《かわらぶ》きの屋根が見え、門構えも素封家《そほうか》らしいどっしりしたものであった。民四郎とエイ子は、小さな水筒と布製のボストン・バッグをさげ、軽快なハイキングの装《よそお》いで、八木家の方へ近付いて行った。八木家を斜めに見ながら、一町程手前まで来ると、急に、左へ折れる道になり、その道に沿って細い小川が流れている。わざとゆっくり、その古風な門構えの前を通り過ぎた。辺りに人影のないのを確かめて、もう一度、もと来た方向へ引っ返しながら、今度は、門構えの中をのぞき込むようにしたが、案内は乞《こ》わなかった。

曲り角のところまで来ると、いきなり、背後から大きな声をかけられた。

「あんた達、八木はんのところへ、行きなさるのかね、今なら爺《じい》さんもいてはりなさるやろ」

大盥《おおだらい》に三杯もの洗濯ものを盛りあげ、節くれだった手で、ごしごし、小川で洗いものをしている五十四、五の洗濯婆だった。民四郎も、エイ子も、八木家に気を奪われていた矢先だったから、飛び上るほど驚いたが、

「いや、八木さんではなく、竹田先生のお宅を探してますねん」

民四郎は、とっさに、こう答えた。

「ええ？　竹田先生——、先生なら、去年の十月に、死になされたよ」

民四郎は、もう少しで、声をあげるところであった。エイ子も、息を呑《の》んだ気配であった。千賀子の主治医であり、家庭教師であった竹田安秀が、千賀子の縁談の六カ月前に死んでいる。民四郎は、妙な疑惑と不安に包まれた。

「どないしなさった？　あんたらは竹田先生に御用でしたんか、ほんまに先生は突然、死になさったから、わしらもびっくりしましたんや」

「え、突然？」

「そうだよ、急に倒れなさってな、秋祭の三十人程の宴会の席上で、長年の酒好きが祟《たた》って、脳溢血《のういっけつ》ですわ、ほんまにあっ気ないもんですな」

「アハヽヽヽ」

民四郎が笑った。洗濯婆が手に摑《つか》んでいる洗いものを、川水に流しそうになる程、底抜けに大きな声であった。——宴会の席上で脳溢血、少なくとも、そこに出席している三十人の真っただ中で頓死《とんし》——。民四郎は、阿呆《あほ》らしくて、暫《しばら》く笑いが止まらなかった。エイ子は馬鹿笑いをする民四郎を、呆《あき》れたように見詰めていたが、洗濯婆は、

「何がおかしいですやな、そんな笑い声、もしそこの八木はんの爺さんの耳へ入った

ら、ことだすがな、八木はんとこが、つい五、六年前まで預かってた大事なお嬢さんの先生やもんな」

「おばはん、あんた、八木はんとこに居たお嬢さん、よう、知ってはるか」

追っかぶせるように、民四郎が聞いた。

「知らんわ、わしは八木はんとこの洗濯ものも手伝うたけど、いつ行っても、あのお嬢さんは広い家の奥の方へ引き籠《こも》ってなさる、それにあのお嬢さん、雨や曇りの天気の悪い日の方がお好きらしゅうて、かえって天気の日は邸内でもあまり歩きなさらんらしいで、わしの行くのは、日和日《ひよりび》にきまっとるから、なおさらのこと知らんわ」

と云い、じゃぶ、じゃぶ、洗濯をはじめた。

「おばはん、ほんなら、この辺で、誰が一番、そのお嬢さんのこと知ってるのや」

「誰も、あんなもったいぶった深窓育ちは、よう知らんわな、ともかく、えらい色の白い人らしいで」

振向きもせず、今度は、体ごと力を入れて洗濯板を、ごしごし、擦《こす》り出した。八木家の門のあたりで人影がした。

民四郎とエイ子は、素早く、早足で村道へ出た。もう一度、引っ返して、誰かに、もっと詳しく千賀子の話を聞きたかったが、背後から来る人影が、村道に出ても、まだ、二人とつながっていた。遮《さえぎ》るものもない一本道であったから、途中で引っ返すわけにも行かなかった。まっすぐ村道を京都に向って歩くより仕方がなかった。

河原町三条の宿屋に落ち着き、埃《ほこり》っぽい体の汗を流し、宿屋の浴衣《ゆかた》に着かえると、ほっと寛《くつろ》いだ。たいして歩き廻りもしなかったのに、僅《わず》かな時間の間に、体と頭を振り廻されたような激しい疲れが、まだ頭の芯の方に残っている。

エイ子は、胸もとをはだけるようにして、浴衣を羽織り、両脚をだらしなく横坐りに投げ出していた。顔や体のきれいさに似合わず、女中のように大きな汚ない足であった。民四郎は、ちらっと、千賀子の小さな美しい足や手を思い出した。

山科まで出かけ、エイ子が、千賀子の友人と偽って、竹田安秀から、千賀子のことを聞き出そうとした計画は、竹田安秀の死亡ということで消えてしまった。――しかし、竹田安秀の急死を聞いた時の妙な疑惑。だが、三十人の宴席での卒中死とあれば、詮索《せんさく》する方が馬鹿げている。一千万円の持参金の正体を突き止めようとしているのは、それと同じぐらい馬鹿げたことかもしれない――。民四郎は、思いがけないところで、袋小路にたってしまった。

「あんた、何をえらい考え込んではるのん、結局、今日の山科行きは、何も変ったことがなかったわけや、船場の良家《ええし》のおたいそうな〝嬢《いと》はん育ち〟を知らして貰《もろ》うただけや、阿呆らし！」

エイ子は、はじめの意気込みと異なり、すねた顔をした。

「もともと山科行きすすめたんは、エイ子の方やないか、えらい勝手違いやったけど、一つ間違うたら、中村屋の耳へ入って、えらいことにもなる危ない橋やったんや」

こう云いながら、民四郎は疲れているくせに、妙に昂《たかぶ》った焦躁を感じ、そのまま、腕をエイ子の胴に廻した。エイ子は、横倒しになりながら、

「これで、あんたは、安心して持参金まる得というとこやわ」

冷たい嘲笑《ちようしよう》を、民四郎の鼻先に吹っかけるようにして云った。

「阿呆！」

民四郎は、エイ子の口を封じるように抑え込んだ。

緩みきった気だるい体を起して、民四郎は枕《まくら》もとの水差しの水を飲んだ。三月半ば過ぎの夜というのに、梅雨時のような蒸し暑さである。エイ子から体をはなして、仰向けになっていても、じっとり腋下《わきした》が汗ばんで来る。夜気を肌に入れかたがた、階下の厠《かわや》へたって行くと、もう、ぽつりぽつりと降りかけていた。

激しく庇を叩《たた》いている雨音を聞きながら、民四郎は、ぼんやり持参金のことを考えていた。エイ子が、薄暗い電気スタンドの灯りをつけた。

「どないしたんや」

「えらい、雨やわ、あしたも降るのかしら、あの洗濯婆さんやないけど、雨の日いうのんは、かなわんわ、千賀子さんみたいに、深窓の嬢《いと》はんは、お天気の日より、曇りや雨の日の方が好きという人も、いはるやろけど、――」

「え？」

「船場の嬢はんいうのは、お天気の好みまで、私たちと違うてるらしいわ、洗濯婆さんが云うてはりましたやろ」

民四郎は、頭の中で、重要な書類を繰るように慎重に、或る一つのことを考えた。見合いをした日の天気である。第一回は三月三日、第二回は三月九日、どちらも、雨が降っていなかったことだけは確かだったが、曇りか、快晴であるかの、判断はつかない。

翌日、気象台へ電話をかけてみると、二回の見合いの両日とも曇りで、比較的湿度の高い日であった。

一体、両日とも、湿度の高い曇り日というのは、何でもない偶然の一致だろうか――。民四郎の頭に、二回の見合いが、そろって、日を変更し、しかも、前日になってから、日時を知らせて来ることが、何か不自然な気がした。腺病質《せんびょうしつ》で風邪をひきやすいのでという断わりは聞いているが、結婚生活のできる体にしては、それもおかしい。船場の良家《ええし》の勝手気儘《きまま》な尊大さなどとも、単純に割り切れないものがある。何代も代を重ねた船場の血統の中には、案外、穢《けが》れた狂った血が混っているかもしれない。ともかく、何か天候に関する原因であることらしい。

民四郎は、仲人《なこうど》の与志の家まで出かけて行って、もう一回だけ、千賀子と、今度は二人きりで会いたい旨《むね》を申し入れた。与志は、靴下が山積みされた店の間に坐って、暫《しばら》く用心深く考え込んでいたが、

「へえ——、お二人きりでな」

馴《な》れ馴《な》れしくいやらしい笑い方をし、民四郎の顔を見て、

「宜《よろ》しおます、その代り、民ぼん、ほんまに今度の三回目で、ぴしゃっと決めておくなはれや」

念を押した。

「よっしゃ、ええように決めたる代りに、今度は、こっちで会う日と場所定めさしてや、次の日曜日に、友達に借りた車で、京都の瓢亭《ひょうてい》へ千賀子さんとご飯を食べに行きたいねん、そない云うてんか」

与志は、やや逡巡《しゅんじゅん》したが、中村屋へ申し入れることを約束した。

中村屋へ申し入れをしたのは、水曜日であったが、三日、日を置いて土曜日の午後になってから、与志を通して返事をして来た。二人きりでもう一度、会って貰う段に異存はないが、明日の日曜日は、急にこちらに取込みごとがあって、まことに申しわけないが日を改めてほしいと、いうのであった。民四郎は、また前日になって返事をして来たことに、不自然さを感じた。

翌日の日曜日は、脂汗《あぶらあせ》が肌にしみつくような湿っぽい曇り日であった。民四郎が、寝不足の不機嫌な顔で起き出した時、仲人の与志が気忙《きぜわ》しく駈《か》け込んで来た。

「実は、えらい云いにくいでっけど、中村屋はんの方で、今朝になって、やっぱり今日、京都へお伴《とも》さして貰う云い出しはりましてん」

民四郎は昏のあたりに妙な笑いが泛《うか》んだ。与志は、もみ手をして、恐縮しきっていたが、民四郎は、一こともいや味を云わずに、すぐに承諾した。

車を借りる友達の家は、信濃橋《しなのばし》の西詰で、民四郎の家からタクシーで十分ぐらいの距離であった。民四郎は急いで支度をして、友達の家を廻り、本町の中村屋へ行くと、千賀子と母親が、店の間に坐って待っていた。

大阪格子《ごうし》に掩《おお》われた薄暗い店の間の中に、白い影絵が浮き出したように、千賀子が静かに坐っていた。水色の着物が、襟もとから上の白さに溶け合うように、淡くそっていた。鉄色の渋いお召の常着を着た御寮人《ごりょうん》さんが、千賀子を抱え込むようにして、車に乗せた。父親の久右衛門は姿を見せなかった。

「民四郎はん、どうぞ、宜しゅうお願い申しまっせえ、ほんなら、お静かに」

御寮人さんは、もう、娘の婿に対するような鄭重《ていちょう》さで、民四郎に挨拶《あいさつ》をした。千賀子は、母親の挨拶に随《つ》いて、黙って頭を下げた。十五分程走ると、長柄橋《ながらばし》を越えて、京都へ向う国道に入る。国道にそって高槻《たかつき》の辺りに来ると、急に目先が開けて人気《ひとけ》のない田舎道になる。四月中旬の日曜日であったが、天気の悪いせいか、人の出は少ない。車の窓から、空を見上げると、鉛色の雲が垂れ落ちそうなほど重く曇っている。

時計はまだ正午を過ぎたばかりであったが、辺り一帯は夕暮のような薄暗さであった。

「雨にでもなるのやおまへんか」

民四郎は、運転台の横に坐って、黙っている千賀子の横顔を見た。

「千賀子さんは、お天気の時より、曇りや雨の日の方がお好きでっか」

身じろぐような気配がしたが、

「さあ、別に、どっちでも宜しおますけど――」

低い声で答えた。

「二人きりで、こうしてお会いするのは、今日はじめてですな、これも、千賀子さんのお家の方では、えらいおむずかしかったそうやな」

「堪忍しておくれやす、ちょっとお父さんが変り者で、その上、わてが出嫌いでっさかい……」

詫《わ》びるように、白い顔を俯《うつむ》けた。

「ほんまに変ってはりまんなあ、一旦、結婚した限りは、絶対にというてもええぐらい、離婚は認めんいう人は、今時、珍しゅう固いお方や、まるでカソリックみたいですな、その反面、千賀子さんの持参金や支度については、いやに金銭的に割り切ったものの考え方をしてはるし――」

千賀子は、膝《ひざ》の上で水色の袂《たもと》を重ね合わすようにした。

「千賀子さんは、そんなお父はんと、そのお父はんの考え方に応じて縁談を進めている僕を、どない思うてはりますねん」

民四郎は、強要するように千賀子に返事を求めた。千賀子は、白い顔を硬《こわば》らせた。

気まずく白けた沈黙が、二人の間を埋めた。

車は、もう、山崎に近かった。この辺りから樹々の繁みが深くなり、ところどころに、眼を染めるような青々した竹藪《たけやぶ》があった。京阪電車が、樹々の繁みを隔てて、思いがけない早さで走って行った。民四郎は、重苦しい車の中の沈黙を破るように、運転台の前のラジオのスイッチをひねった。爽《さわ》やかなアナウンサーの声が流れて来た。

「……朝から曇っておりました空模様は急に恢復《かいふく》しつつあり、ところによっては、初夏のような強い陽ざしが射《さ》して来ている処《ところ》もあります」

天気予報は、快晴になる予報を伝えた。千賀子は、何か驚いたように体を動かした。続いてラジオから、軽快な音楽が流れて来た。山崎をぬける辺りからは、急に太陽が明るく射しはじめ、満開の桜がうす桃色に輝き出した。閉めきっていた車の中が、やや暑くなり、白粉《おしろい》の香りに噎《む》せるようだった。

「えらい照って来ましたな、窓を開けましょうか」

「いいえ、このままで宜しおますわ」

千賀子は、妙に落着きなく、応《こた》えた。民四郎の側の窓だけ少し開けたが、照りつけて来た陽の光は意外に強く、車の中が熱気に籠《こ》められて来た。きちんとスーツを着込んだ民四郎は、肌着がじっとり汗ばんで来るのが解《わか》った。桂川《かつらがわ》を渡りきった頃から、ますます、かっと照りつけ、初夏のような強さが加わって来た。民四郎は左手で服のポケットからハンカチを出して顔の汗を拭《ぬぐ》いながら、千賀子の方をみると、千賀子は、白い顔一面に汗を吹き出したまま、拭おうともせず、ぐったり顔を前屈《まえかが》みにし、首筋のあたりには、大粒の汗が玉になって流れている。

「あ！ 千賀子さん、どないしはったんです、気分でも悪いのでっか」

千賀子の肩へ民四郎が左手をかけた途端、

「ああ」

声をあげて、千賀子はそのまま、運転台へ横倒しになって、うつ伏せた。民四郎は、急ブレーキを踏んだ。車は、田圃《たんぼ》の際《きわ》に停った。

水色の着物の背筋を崩して、シートにうつ伏せている千賀子の体を、抱え起した。千賀子は半ば失神したように体を萎《しな》えさせていたが、両掌《りょうて》だけはしっかり、その白い顔を掩っていた。

「千賀子さん、どないしたんでっか、脳貧血でも起しはったんでっか」

揺すぶるようにして聞いた。千賀子は微《かす》かに身動きしたようだった。しかし、依然として、両掌で顔を掩っていた。

「吐き気でっか、かましまへん、吐いたらすぐ気分がなおりますやろ」

民四郎は、千賀子の掌の上に自分の手をそっと重ねた。その途端、ぬるりとしたものが、民四郎の手を伝った。

白い粉をふいた肉色の豆粒であった。顔を掩った千賀子の両掌の指の間から、肉色の豆粒が、ぽろりと落ち、民四郎の指の間でぐにゃりとつぶれた。ドーランの豆粒であった。民四郎は力を籠めて、千賀子の両掌をその顔から引き離してみた。美しい目鼻だちの両側に、蓮根《れんこん》のような穴、痘痕《あばた》が一面にあいている。厚化粧、痘痕、ドーラン――そして湿っぽい曇り日。どうして、これが気付かなかったのか――。民四郎の頭に中村家の用意周到さが解った。お化粧くずれのしやすい熱い日や、ドーランのつきにくい乾燥した日を避け、湿度の高い曇り日を選《よ》り、痘痕をドーランで塗り埋めて、美しく装《よそお》っていたのだった。見合いの日どりが、いつも中村屋から前日になって知らされたのも、翌日の天気予報を聞いてから定めていたためであるらしい。

熱気にこめられた四角い箱の中で、千賀子は顔を掩ったまま、身動きもしない。両掌の間から、汗と熱気で白い白粉が剝《は》げ落ち、その下に塗り重ねられたドーランがくずれている。ふと民四郎の眼に『華々しき一族』のメーキャップのために、ドーラン化粧をした驕慢《きようまん》なエイ子の顔が重なった。

民四郎は咽喉《のど》の奥から、奇妙な乾いた声を出した。一千万円の正体は痘痕を埋める肉色ドーランの豆粒であった。民四郎はパチリと算盤《そろばん》を弾《はじ》いた。これなら、合い勘定や――。こんなことに一千万円をかけた船場の見栄とからくりが阿呆らしかった。もう一度、掌の上で、肉色の豆粒をつぶしてみた。ベチャッ、粘った音をたてて、人糞《じんぷん》のように、民四郎の掌《てのひら》にへばりついた。

（「オール讀物」昭和三十三年八月号）

しぶちん

東横堀の材木問屋、山田万治郎は、この界隈《かいわい》の中でも、吝嗇《しぶちん》で通っている。陰口で、〃しぶ万〃と云われているのも、そのためであった。五十を一つ、二つ過ぎた山田万治郎が、骨張った背の低い体に、歯のチビた利休下駄《りきゅうげた》を履いて通り過ぎると、その年寄りくさいうしろ背に、しぶ万やと囁《ささや》き合った。しかし、よく注意してみていると、その〃しぶ万〃という呼び方に、多少の尊敬の意をこめた親しみがあるのに気付く。

山田万治郎は、生まれた土地の名産である伊勢こうこ（沢庵《たくあん》）を五貫目仕入れ、それを売りながら大阪へ出て来て、長堀橋の材木問屋岩井庄兵衛の店を頼った。十九歳の時である。

十四、五歳が丁稚《でっち》の平均年齢といわれていたから、十九歳の丁稚はひね過ぎていたが、伊勢こうこを一人担《かつ》いで出て来た漬物《つけもの》臭い万治郎は、岩井庄兵衛に、見どころがありそうやと雇い入れられた。

翌日から、万治郎は、万吉という丁稚名を与えられ、店先の掃除、水撒《みずま》き、煙草盆《たばこ》の掃除から、使い走りまでさせられたが、一番、堪《こた》えたのは、番頭や手代、上女中の勝手な使い走りであった。

番頭、手代は、たいてい煙草買いであったし、上女中のは、故郷《くに》もとへ出す手紙の郵便切手であった。まとめて云い付けてくれればいいものを、手代が、

「万吉どん、バットや、走って行って来《き》いや」

こう声がかかると、足もとが取られそうになる丁稚前垂れを、くるくると巻きあげ、体を前倒しにして駈《か》け出し、用を足して来る。駄賃は無かった。ほっと一息つく間もなく、今度は大番頭が、

「万吉どん、煙草、煙草、いちいち云わんかて、わいの喫《す》い工合見てて、残り少のうなったら、一走りするぐらいの気が利《き》かんようでは、ひね丁稚の値打あれへんぜえ」

使いに出す前から、小言の一つも云われた。夏の暑い日などは、煙草買いに走らされる万吉の体が、茹《ゆ》で蛸《だこ》のように茹だった。

汗疹《あせも》だらけになった背中を、海老《えび》のように曲げて手でかきながら、万吉は、ひね丁稚らしく、走り使いに駄賃の出る方法を考えついた。長堀橋の南詰角にある岩井庄兵衛の店を中心にして、南へ二丁と、北へ三丁の地点に、二軒の煙草屋があった。万吉

がいつも買いに行くのは、もちろん、近い方の南へ二丁の松井煙草店であったが、この日から、北へ三丁の丸福煙草店へ行くことにした。

五回目に使いに行った時、万吉は、真夏でもへりが擦りきれたような座布団に坐り、アッパッパの裾《すそ》から一寸ほどネルの腰巻を出しているおばはんの顔を、穴のあくほど見詰めたあげく、

「おばはん、わい、長堀橋の岩庄《いわしょう》の丁稚や、知ってはるか」

「へえ、前垂れの印でわかっておました、あっちの松井はんの店が、お宅から近いのに、わざわざ、うちまで買いに来てくれはって、おおきに、これ、ほんのお駄賃だす」

小銭をチリ紙に包んだひねり紙だった。万吉は、ぷっと膨れ面《つら》をした。

「おばはん、わい、そんなひねり紙ほしいことあれへんねん、これから、五つ、六つ、十個と、まとめて買いに来るさかい、バット一個につき二分引きしてんか、ほんなら、おばはんも薄利多売で、大口卸しということになるやろ、お互いにへそくりできるやないか」

人気《ひとけ》のないのを見すまして、こう切り出した。おばはんは、暫《しばら》く用心深い眼で、万吉の顔を見ていた。色の黒い汗疹だらけの背の低い丁稚であったが、その眼つきは、

小さいくせに、ピカリと光って鋭い。これやったら、ひかえめに見ても、岩庄の筆頭手代ぐらいにはなるやろと、万吉を見込んだらしい。

「よっしゃ、ほんなら、十個以上買うてもろたら二分引きにしまっさ、専売局へは内緒だっせえ、罰金やさかいな、へ、へ、へ……」

と付け加えるのを忘れなかった。

その翌日から、万吉の走り使いは、妙を得た。買いだめしたバットを毛糸の腹巻の中へ入れておき、

「万吉どん、煙草や！」

と怒鳴られると、一丁ほど近所をゆっくり廻って来て、

「へい！」

と煙草を差し出した。大番頭が最後の一本を喫い終って、煙草盆へ吸殻を落すなり、

「へい、大番頭はん、お次のを――」

とすかさず、手渡した。番頭や手代たちは商いに追われていたから、万吉の使い走りの異状な速さや、腹巻でぬくもった煙草の温味《ぬくみ》などに疑いをもたず、骨身惜しまず働く丁稚やと、重宝がった。これに応じて、万吉の貯金が増えて行った。番頭や手代が煙草を喫い終るなり、横合いからさっと次のを手渡すから、つい喫い過ぎになり、

万吉は、その度に、一個につき二分引きの代金がたまって行く勘定である。

丸福煙草店が、印紙も合わせて売るようになると、万吉はぬけ目なく、今度は郵便切手も買いだめした。丁稚に切手の走り使いをして貰《もら》えるのは、上女中だけと、店のしきたりで定められていたが、万吉は内緒で下女中の使いもしてやったから、上女中からは寸に合ったお為着《しきせ》を廻してもらい、下女中からは、おばんざい（惣菜）をこっそり余分によそって貰《もら》えた。切手も、煙草と同様に十枚一つづりかためて買い、二分引きにしてもらった。先の煙草の二分引きの貯金とあわせて、さらに増えたわけだが、万吉は無駄な小遣銭は、一銭も使わなかった。

三カ月に一回の休日はもちろん、年二回の藪入《やぶい》りも、足代と土産代が出銭《でがね》になるから帰らない。その上、丁稚部屋でぶらぶらしていては、貸本代がかかるから、大番頭に小遣銭なみで休日を買い取ってもらい、それを行李《こうり》の底へ貯金した。万吉は、貯金がふえて行っても、ほかの朋輩《ほうばい》たちのように郵便局へは持って行かない。行李の一番底へ、小銭を順番に並べ、一重に並べられなくなると二重に並べ、二重でおさまらなくなると、三重にして娯《たの》しんだ。むろん、朋輩たちが遊びに出てしまった休日や、寝静まった夜中にするから、誰にも気付かれなかったが、下女中のおかねだけが知っていた。

朋輩たちが出払った休日、万吉が夢中になって行李の底を勘定していると、突然、おかねが障子を開けた。丁稚部屋の屋根上へ飛んだ干しものを取りに来たのだった。両手をひろげ、慌《あわ》てて新聞紙で隠したが、間に合わなかった。色の浅黒い大柄なおかねは、あきれたように暫く見、

「阿呆《あほ》やな、郵便局の方が利子つくのに」

と云った。万吉は睨《にら》み据えるようにして、

「誰にも云うたらあかんぜ、その代り、これ口止め料や」

と、おかねに五銭握らせた。おかねは、たった五銭の口止め料が阿呆らしかったが、万吉の、びっくりするほど真剣な顔つきを見て、

「誰にも云えへん、きっと」

万吉以上に、おかねも真顔になって約束した。それからの万吉は、行李の中の貯金ばかりを勘定しながら、一円昇給するのに五年もかかることを知っていたから、乾いた雑巾《ぞうきん》から水を搾《しぼ》り出すようなおもいで、金を蓄えた。

八年目に手代に昇格して、万吉の「吉」の代りに「七」がついて、万七どんになった。

欧州大戦がはじまった年であったから、軒並に活気づき、材木問屋は軍用資材もあって、特に取引が賑《にぎ》わった。万七は、荷受けの方を見習った。材木問屋の商いには、店先に坐って小売の材木屋に応対する役と、店の裏の材木倉庫へ、山から伐《き》り出された木材を荷入れする役との二通りがある。

朋輩たちは、万七が漬物臭いケチの伊勢こうこやから裏廻りになったと、せせら笑ったが、万七は、かねがねこの裏廻りを、買っても出たい役と思っていた。それでも、何くわぬ顔をして、

「伊勢こうこのわいには、裏廻りがうってつけだすわ」

わざと卑下した振りをしながら、もう、得になることを考えていた。

——商いの芯《しん》は何というても、仕入が肝腎《かんじん》、どない店先の商いが賑おうても、仕入で失敗してたら、口銭は薄い、仕入の時に値一杯に踏み込んで、その踏み込みで安う売ることが、薄利多売の商法や、それには、裏廻りして仕入のコツを見習うのが、一ばん近道や、特に一軒店でも持った時にはな——、というのが万七の算段である。

この時、もう万七は、岩井庄兵衛の店にこげつき番頭になるまで、長く居付く気がなかった。万七の上に先輩手代が四人、番頭が三人、大番頭が一人では、番頭になるのにも、十年はたっぷりかかりそうである。番頭になって、大きな老舗《しにせ》の暖簾《のれん》により

かかっているほど、気楽で尊大なことはなかったが、万七は、十年もじっと居据りで、お番を待つ辛抱が出来そうもなかった。それに、掃き寄せるようにして蓄えた貯金が、もう千円近くになっていたから、余計に、万七に独りだちを考えさせた。

それでも万七は、そんな気持を、噯《おくび》にも出さず、表の店先に坐った手代には一目《いちもく》おいて、商いに勤めた。四国や和歌山の山奥から、伐り出しの材木が入荷する度に、万七は、材木仲仕にたちまじって、柄は小さいけれど、利休下駄のように頑丈で四角張った体に、材木を担いで荷受けした。材木仲仕たちは、丁稚なみによう働く手代さんやと評判したが、万七はうっかり荷抜きされないためであった。

材木は地方からの船積みで一旦、大阪港へ入り大八車で入荷する場合と、河川伝いに筏《いかだ》で回送されて来る場合とがある。筏組みは、ポンポン船に曳《ひ》かれて、店の裏を流れている長堀川に入り、川岸からすぐ荷入れすることになっている。川中で筏を手っ取り早く組みはずし、舟板を揺するようにして川岸へ運び上げ、川岸から倉庫入れをする。この三つのことが一時《いっとき》に始まるから、容易に目ききが利かない。それに岩庄の材木だけではなく、他店の材木も一緒に筏組みして回送しているから、よけいに錯綜《さくそう》する。

狡猾《こうかつ》な回送屋は、次に廻る他店の材木と見せかけて、うまく荷余りさせ、そのまま引っぱって帰る場合もある。こんな時は、あとで気がついてみると、その日に限って威勢よく木遣《きや》りを唄いながら、どんどん運び入れ、材木仲仕が荷受帳を持った手代の前を、二重、三重になって行ったり、来たりする。その上、時々、川中でポシャリッと、足を辷《すべ》らすのがいたりして、眼を移す。日が経《た》って、荷出しの時に数が合わなくなり、はじめて荷受けの間違いに気がついても、一旦、荷受けの手を打ってしまっては、もう文句の云いようがなかった。

こんな前例を知っている万七であったから、材木仲仕にたちまじって、材木を担ぎながら、抜目なく眼を光らせている。小さい目であったが妙に底光りする眼であったから、半分は気味悪がられたのも手伝って、万七が荷受けすると、後日になっても定《きま》って帳合がしまった。

これを見込まれ、万七は手代になってから二年目、二十九歳の時に、通い手代が許されるようになった。そして、これを機会に、結婚した。

相手は、万七の行李底の貯金を知っているおかねであった。おかねは、二十七歳と云いふらしていたが、結婚の話をきめてみると、実は同い齢《おないどし》の二十九歳であった。しかし、万七は文句を云わなかった。それは、おかねが色の黒い大女であったが、十六の時、下女中に来てから十三年間、一日も風邪ひきや、月経痛で休まなかったことと、結婚してからも子供が生まれるまで、今まで通り働くと云ったからである。主家の方でも、米の一斗炊《だ》きができる女中は、そう簡単に見当らなかったから、おかねが続けて働くことを喜んだ。普通の下女中のきり出しの給金は三円、一斗炊きの腕をもつ下女中は四円であったが、新米の下女中が来て、満遍なく火のまわった一斗飯を炊けるようになるには、二、三カ月かかるものであった。

結婚式は、ごく、ひっそ（質素）に行われた。派手な結婚式は、神主と会席料理屋を儲《もう》けさすようなもので阿呆らしいというのが、万七の云い分であった。おかねは情けないと思ったが、婚期に遅れた不細工な自分を考えて黙って頷《うなず》いた。主家の前栽《せんざい》に祀《まつ》ったお稲荷神社《いなりさん》の赤い鳥居の前へ、お為着《しきせ》の一張羅《いっちょうら》を着て並んだ。旦《だん》那はんの岩井庄兵衛と、御寮人《ごりょうん》さん、大番頭はんの三人から盃《さかずき》を戴《いただ》いて、それでことをすました。

六十になった節約屋《しまつや》の旦那はんも、さすがに、

「えらい節約《しまつ》やな、そら、商人の節約は結構やけど、度が過ぎたら吝嗇《しぶちん》になりよる」

と、呆《あ》っ気《け》に取られた。御寮人さんは、さすがにおかねを不憫《ふびん》がり、蔵の長持の底にしまい込んだ二、三十年前の着物を引っぱり出し、訪問着と、紋付、それに普段着五枚を、別口《べつぐち》の祝いにした。

式の翌日、おかねは鏡台に向かって、御寮人さんから貰ったばかりの訪問着を着付

けていた。

「朝から、そんな着物《べべ》きてどこ行くねん」

万七は、洗いざらしの浴衣《ゆかた》の寝巻のままで、聞いた。

「早速、お店へご挨拶《あいさつ》に参上し、それから氏神さんへ詣《まい》って、今日は、どこぞ千日前へ活動でも見に連れておくれやす」

「阿呆、子供ができるまでしっかり働いて貰わんと困る、子供ができたら働きとうても、お店で使うてくれはれへんのや、式の翌日かて、今日は早昼《はやびる》食べてお勤めや」

万七は、叱《しか》りつけるように云った。おかねは、横に広がった小鼻をふるわせながら、黙って貰いものの訪問着を脱いだ。河内《かわち》木綿の着物にメリンスの名古屋帯を締め、いつもの女中姿で、前垂れだけは手に持って、先に出かけた。おかねの手首は、一斗釜《がま》をへっつい(竈《かまど》)の上に載せ下ろしする度についた火傷《やけど》で、傷跡《かた》だらけになっていた。

万七も、盲縞《めくらじま》のお為着に角帯を貝口《かいのくち》に結んで、何の変哲もない顔をして店へ出た。出るなり、旦那はんと御寮人さん、大番頭はんに昨日の挨拶をして、あとは声をかける方が気分が悪くなるほどのすげなさで、ずいと店裏へ通ってしまった。甘い顔など見せると、朋輩や丁稚から、ひやかし半分にたかられるのが、惜しかったからである。一日中、おかねの方を、ちらっとも見なかった。

夕食時になると、おかねは、いつものように店の者の数だけ箱膳を並べたが、万七の分だけ減らしておいた。今日は店で戴かず、少々遅くなっても、家へ帰って夫婦さし向いで食べる心づもりにした。筆頭手代から食事の順番が始まりかけると、万七も板敷の台所へ入って来た。箱膳のないのに気がつくと、大きな声で、

「わいの箱膳どこや、出してんか」

と催促した。おかねのほかに、上女中が二人そこにいたので、おかねは手の甲まで真っ赤にしたが、万七は平気な顔で、これまで通りに夕食をすませた。たち際《ぎわ》に、おかねの方へ寄って来て、

「お前も、たんと食べて帰りいや」

と念を押した。おかねは、お釜の底をへつり洗いしながら、涙を落した。

そんな風であったから、上本町《うえほんまち》六丁目に借りた二階だちの借家も、下は駄菓子屋の独り暮しのお婆《ばあ》はんに貸し、万七夫婦は二階住いした。もちろん、家賃のうち二円は階下のお婆はん持ち、夫婦は一円でことをすました。その上、一日中、店に坐っているお婆はんを見て、留守番賃もただでいけると喜んだ。

万七の給金は十七円五十銭、おかねの給金が七円四十銭であったが、万七は、おかねの給金だけを生活費にあてた。七円四十銭で生活できたのも、お為着を貰い、夫婦

の昼と夜の食事が店持ちで、朝は茶粥《ちゃがゆ》に、万七の故郷《くに》もとから送ってくる伊勢こうこ
ですましていたからである。自分の給金は、独りだちした時の商いの資本にせんなら
んと、おかねに云い含めて貯金したが、結婚してから一度も、貯金の額をおかねに云
いもしなかった。おかねが気をつけて見ていると、万七の貯金の仕方に妙な癖がある
のに気付いた。

いくら溜《たま》って来ても、郵便局へ預けに行かなかった。薄い座布団の上に、紋を置く
ように丁寧に小銭を並べ、よれよれになった札は、一枚、一枚、鏝《こて》で伸ばしてから、
丁稚時代からの柳行李へきちんと入れなおした。いやらしいほどの吝嗇《しぶちん》をしながら、
利子を生まない行李へ溜め込んでいるのが、見ていて不思議だった。

結婚して二年目に、おかねは男の子を産んだ。万七は、金気《かねけ》がありますようにと千
太という名前をつけた。そして、今までの蓄えを減らさず、子供一人分の雑用《ぞうよう》を増や
すためには、これを機会に店を辞めて、独りだちすることに決めた。貯金は、いつの
間にか五千円近い額になっていた。

番頭まで勤めあげなかったから、岩庄の㊌印の暖簾は分けて貰えなかったが、出店
祝料として、商い道具一式を戴いた。万七は、丁稚になってから十二年目に、はじめ
て本来の姓名である山田万治郎に還《かえ》って、東横堀に間口二間の店を構えた。

万治郎は、開店早々に、四国と和歌山の山持ちの旦那衆のところへ出かけた。小さい新店《しんみせ》は、産地取引ができず、大きな材木問屋からまた買いするのが当時の通例であったが、万治郎は仕入を安くするために、産地へ走った。丁稚時代に煙草買いに走ったような気軽さとぬけ目なさであった。あまり気軽な買い手に、山持ちの旦那衆が、妙な錯覚を起こしたのか、気軽に万治郎との取引をきめてしまった。一つには、万治郎が手代時代に、材木仲仕にたちまじり、肩に材木を担《かつ》いで荷受けしたという評判が、伝わっていたせいでもあった。万治郎は四国と和歌山の山奥まで、足を運んだ甲斐《かい》があった。

それでも帰りは、足代を惜しんで、三日分の握り飯をつくって貰い、紀ノ川から大阪へ筏組みを回送するポンポン船に便乗した。山持ちの旦那衆の方では、万治郎の腹のうちを知らず、筏組みにまで乗る商い根性に肩入れしてしまい、後《あと》勘定で、どんどん木材を送りつけた。

新店の資金繰りの苦しい時であったから、この後勘定は、資本が二倍になって動いた。欧州大戦の好景気が続き、成金普請《ぶしん》が盛んな時であったから、荷受けした材木は、川岸から上るなり、小売店へ取引された。その上、万治郎は、開店早々から小売店へ掛売りしたから、山田材木問屋は、新店やけど掛売りしてくれるぜえと評判がたち、商いも最初の見込み以上に繁昌した。

金ができかかると、銀行から預金の勧誘が多くなった。初めのうちは、頑《かたくな》に断わっていた万治郎も、定期預金で年六分（日歩一銭六厘四毛）、当座預金で日歩一銭と何度も繰り返されているうちに、やっと銀行へ預ける決心がついた。この時、はじめて、おかねに貯金が五万円になっていることを話した。

店じまいしてから、万治郎は奥の間の押入れの中から、四角い銭箱を持ち出した。新店を開いた頃、柳行李から木箱にかえた鋲《びょう》付きの頑丈な銭箱であった。鍵《かぎ》のかかった蓋《ふた》を開けると、きれいに皺《しわ》をのばした札と、から拭《ぶ》きでもしたように磨き込まれた小銭が列《なら》んでいる。

「これで、五万円あるねん」

骨張った黒い顔を、銭の上へ突きつけるようにして云った。

「あんさん、こんなたんと銀行へも入れんと……」

おかねは、呆《あき》れて言葉がつげなかった。

「そうやろ、そう云うから、今まで見せへんかってん、金儲けしたかったら、銭箱へ金溜めて置かんと、どかっと出して、それ以上儲けて、儲かって要らん金あったら銀行へ入れて、利子つけたらええ云うねんやろ、ところが、わいはこの銭箱の中へ、せっせと銭を溜めて行くのが気の張りや、わいの手に握った銭が、ここで毎日、毎日大きい嵩《かさ》になるのが楽しみやねん」

万治郎は、部厚な唇に、白い粘っこい唾《つば》を溜めた。

「ほんなら、銀行は――」

おかねは、万治郎の腹のうちが、測り兼ねた。

「銀行か――、やっと預けたることにしたわ、この銭箱の金、銀行に預けて銭箱が空《から》っぽになったら、またせっせと溜める楽しみができよるやろ」

と、真顔になって云った。

その言葉通り、翌日、銀行員が来て金を預かって帰ると、空になった銭箱にまたせっせと金を溜め出し、一杯になるまでは、決して銀行へ預けなかった。

三年目には、間口を三間に広げたが、万治郎は少しも気をゆるめず、店先の商いに気を配った。この頃から、世の中が不景気になりはじめたのを、いち早く見てとり、問屋であったけれど、大きな材木だけでなく細かい板売りをすることにした。東横堀あたりは、大きな材木問屋が軒を並べ、細かい板売りなどする店はなかったが、万治郎は、わざわざ、『板売りします』と書いた札を店先に掲げた。

この札が出ると、これまで、何でも大工任せにしていた商店も、簡単な修理や模様替えは、器用な店員の素人《しろうと》細工ですますようになり、板の二枚買い、三枚買いが多くなって来た。

　万治郎の店の丁稚や手代たちは、薄利で手間のかかる板売りを面倒がるようだった。その度に万治郎は、不景気の時は、不景気に随《つ》いて儲けなあかんと、口喧《くちやかま》しく云った。それでも万治郎の姿が店先に見えなくなると、つい、丁稚や手代に横着さが出た。万治郎が、朝の金光教詣《こんこんさんまい》りを何時《いつ》もより早い目にすませて帰って来た時のことである。妙にそらぞらしい手代の留七の声が聞えて来る。

「えらいすんまへん、なんし、問屋のことでっさかい、いま、大きな材木ばっかしで、手もとに板売りの木がおまへんので――」

　といい加減に断わっていた。表口にたてかけた吉野材の陰で、この断わりを聞いていた万治郎は、客が帰るなり、留七を裏の倉庫横へひったてた。

「この通り、たんと板売りの木あるやないか、なんで無い云うたんや」

「へえ」

　留七は、返答に詰った。

「ずぼら商いしてお客さんを断わった罰や、ここを手で三尺ほど掘ってみい！」

　万治郎は、自分の足もとを指して、こう云った。倉庫横は、始終、材木をたてかけているから、地面は叩《たた》きならされて固かった。留七は、まるで軍隊みたいな折檻《せっかん》やと、仏頂面《ぶっちょうづら》をして地面を掘り出した。

一時間経っても、一尺も掘れない。いくら爪《つめ》をたてたり、木切れの端で掘ってみても、遅々として進まなかった。二時間経っても一尺しか掘れず、出て来るものといえば、小さい砂礫《されき》や折釘《おれくぎ》ばかりだった。冬だというのに、汗みずくになって、へたりかけた時、万治郎が、穴を掘っている前に突ったった。

「それ見い、苦労して掘ったかて、何も出てきえへん、一銭の儲けにもなれへんやろ、これに懲《こ》りて、一銭でも儲かることやったら何でもしいや、そないせんと銭は溜まれへん」

と云い、しゃがんで穴の中から折釘を拾うと、

「この釘、叩き延ばして、うちの釘箱へ入れときや、もったいないさかいな」

と云い付けた。

商いにこの調子であったから、うちらのことにも口喧しく、台所のことまで采配《さはい》した。塩昆布がお膳に出ると、一切《ひときれ》、口に入れて見て、コリッと舌に来るような美味《おい》しさがしたら、途端に細い目が油断なく光った。

「この塩昆布、出し昆布買うて来て、家で炊いたんか」

「へえ、一番安いのを買うて、わてが炊きましてんけど――」

おかねが、気がかりそうに云うと、

「塩昆布いうもんは、料理屋で一回だけ煮汁に使うた出し昆布を分けて貰《もろ》うて、それを炊き云うてあるやろ、あれやったら、ちょっと、もみない（まずい）けど、炭が節《しま》約できるやないか、塩昆布は炭がたんと要ってかなわん、長いこと女中してて、何を見習うて来たんや、米の一斗炊きだけか」

と怒鳴りつけた。一月に一回だけおかずに魚をつける時も、魚屋の店先で買物させない。丸八《まるはち》や、亀十《かめじゆう》などの大衆料理屋は、調理の終ったあとの魚の骨、頭、臓物などのあらを皿に盛りあげて、一皿、五、六銭で売り出すが、これを買って使うように云いつけた。おかねは、一皿盛りのあら買いを恥ずかしがったが、万治郎は、その度に、

「何が恥ずかしいのや、売る方かて、金になるもんやったら、たとえ、一銭でも金にして売るのやないか、買いに行く方かて、一銭でも安いもん買いに行ったらええやないか、これやないと銭は溜まれへん」

と云い切った。

結婚してから八年目に、おかねは、二人目の男の子を産んで、産後、三カ月寝ついたあげくに死んだ。万治郎は、六歳の千太と生まれたての赤ン坊を抱いて、男泣きし

たが、山田万治郎の商いぶりにしては質素な葬式を出した。

その月末に、丸八食堂から、玉子丼《どんぶり》やてんどんのツケが廻って来た。万治郎は何かの間違いと思い、丁稚を使いに出して問い合せると、

「確かに、月に二、三度、きまったように、奥さんとぼんぼんが、玉子丼やてんどんを食べに来てくれはりまして、月末にお払いを戴いとりました」

という返事であった。万治郎は、詳細な請求書をかかせ、値切った上で、しぶしぶ払った。それから、万治郎は、おかねの死を悲しまず、腹の底から怒ったあげくに、後添いは貰うまいと決心した。


東横堀に店を出してから十九年目、山田万治郎は、五間間口の店構えに広げ、同業者の中でも、㊉印の屋号で通るようになったが、陰では、しぶ万と呼ばれていた。おかねの死後は、その時の決心通り後添いを貰わず、男手一つで、十九歳の千太と十三歳の百太を育てた。

人手にかけたくないほど、可愛《かわい》いのではなく、自分の手一つで育てる方が金がかからないと思ったからである。したがって、格別の可愛がり方もせず、さりとて冷酷でもなく、無頓着《むとんちゃく》であったが、時々、顔色を変えて怒ることがある。二人の息子が余分

に、小遣をねだる時である。

「阿呆《あほ》たれ、人が小遣使う時も、使わん奴《やつ》が銭溜《た》める奴や、わいの子やいうのに、人並のことしか、よう云わんのか」

と本気になって、怒った。

そんな万治郎であったから、千太と百太は、商業学校を卒業すると、すぐ店先に出して、家業を見習わせた。どこまでも丁稚並の扱いで、肝腎《かんじん》なことは、万治郎が独り、きり廻し、裏の川岸に上る材木の荷受けまで、自分で引っかまえた。〝しぶ万〟の仇《あだ》名《な》通り、五十歳の旦那はんになっても、平常は木綿の厚司《あつし》姿で、大島紬《つむぎ》や結城紬などの筋の通ったものは、月に一、二度しか手を通さなかった。それは業界の集まりで宴会のある時に限っていた。

宴席になると、万治郎はお膳のものに、ちょっとしか箸《はし》をつけない。まず吸物の椀《わん》の蓋をとって、ちゅっと汁だけ吸い、具《ぐ》はちゃんと椀の底に残しておく。刺身が出て来ても、端《はし》の一切だけ箸をつけて、あとはそのまま。次に煮ものが出て来ると、これも汁だけをしぼり取って、具の方は別皿に移し取る。仲居が気をもんで、

「なんぞ粗忽《そこつ》でも、おましたんでっしゃろか？」

すり寄るようにして尋ねると、

「いいや、ええ味だす、すまんけど、杉折《すぎおり》持って来ておくれやす」

こう云いながら、なおも万治郎は、焼魚から野菜の煮つけ、漬物にまで手をつけない。つまり、酒と吸物の汁以外は、全部、折詰用に残した。同席の人たちは、

「しぶちん！」

と聞えよがしに云っても、万治郎は、

「こんな御馳走《ごっとう》、一ぺんに食べてしまうのは、もったいのうおます、家へ持って帰って、今晩の夜食と、明日の朝ごはんに、ゆっくり、別《わ》けて食べさして貰いまっさ」

体裁を構わず、折詰を抱えて帰った。

家へ帰ると、もう寝かけている息子の千太と百太を起こし、真面目《まじめ》な顔で折詰の説明をし、

「なかなか口に入れへん御馳走《ごっとう》、持って帰って来たんや、たんと食べ、たんと食べ」

とせっつくように云うので、二人の息子は、情けなさそうに顔を見合わせた。それでも、万治郎は宴会があると、きまって折詰を抱えて帰って来た。この時、万治郎は、店舗料、在庫商品を別にして、六十万円の貯金を持っていた。銀行に金は預けるが、相変らず、三寸四角の銭箱に一杯溜めてからでなければ、銀行へ持って行かなかった。

翌年の梅雨は、例年に比べて雨の多い年であった。六月の末になって、十日も降り

続いたあと、万治郎の家で雨漏りがし出した。出入りの大工を呼んで調べさせると、奥の間の屋根の一部に葺《ふ》き替えが要った。梅雨晴れを待って、三人の大工が入り、瓦《かわら》を取り払い、葺き替えの段取りになった。

屋根板は、裏の材木倉庫にずっしり積み上げられている。商売柄、木質、厚味、寸、いずれも望み次第の板があり、棟梁《とうりよう》は、大工冥利《みようり》を喜んだ。こんな時やないと贅沢《ぜいたく》なええ仕事はさして貰われへんと思い詰め、掌《てのひら》が擦《す》り切れるほど選《え》り好みして、若い大工を呼びつけ、

「今度はええ仕事さしたるぜえ」

と景気付けた。若い大工も肩に担ぐと、挽《ひ》き粉が散るような新板《しんいた》を持ち、

「よっしゃ、いきまっせえ」

運び方にも気合いがかかり、かけ声を入れながら、どんどん運び出しにかかった時、万治郎が、ひょっこり顔を出した。

「棟梁、いま倉から出してはる木、どないしはりますねん」

「え？」

棟梁は不審な顔をした。

「どないする？　お宅の屋根の葺き替えやおまへんか」

「うちの葺き替え――、そら、あかん、それやったら、新品《さら》使わんと、家用《うち》の別の取置きがあるよって、それ使うておくなはれ」

万治郎は、先にたって棟梁を案内した。材木倉庫の裏側に屋根の低い納屋《なや》があった。たてつけの悪い戸を引き開けるなり、

「棟梁、雨漏りの瓦下の葺き替えやったら、これで十分間に合いまっしゃろ、これ使うておくなはれ」

薄暗い納屋の中に、折箱を整理した薄板が、ぎっしり並べられている。杉板を使った厚味のある折箱で、折蓋には、どれも大阪の有名な料亭の焼印が入っている。

「どうだす、これでちゃんと間に合いまっしゃろ、材木屋やからいうて、無料《ただ》で木使わんといておくれやす、倉庫のは商い用の金に替わるものだすのでな」

と云うなり、万治郎は、前垂れの埃《ほこり》をぱっと手荒くはたいた。その猫背の背中に、しぶ万！と出かかるのを、棟梁はやっと呑《の》み込んだ。

それでも、この話は、屋根の葺き替えがすまぬうちに、もう、そこらに広がった。材木屋のくせに折箱で屋根を直したというので〝折板のしぶ万〟というきわめ付きの仇名がつき、二人の息子は、恰好《かっこう》悪がり、取引に出るのをいやがった。

この年の秋に、万治郎は、大阪商工会議所の議員に推薦された。これは万治郎の商

いが、業界中でも三番と下らない上位にあり、たまたま、材木商関係の議員で一人、欠員ができたのであった。ほかにも有力な立候補者があったが、ちょうど、支那事変が拡大しかけている時で、陸軍御用をめぐって業界内が二派に別れ、暗闘している最中であったから、妙な野心を持たず、吝嗇《しぶちん》だけに熱中している万治郎に、思わぬお鉢《はち》が廻って来たのだった。

万治郎は、商工会議所の議員が、どんな性質のものか、かいもく知らなかった。二十歳になった千太に教えられ、商工会議所へ行き、門前に五代友厚の銅像があるのを見てびっくりした。これが、大阪商人の神さんや云われてる五代はんか——と、感激した。むずかしいことは解《わか》らなかったが、五代さんと同じ大阪商工会議所の議員は、よほどえらいものやと思い込み、やっぱり、銭は溜めんといかんものやと、身に堪《こた》えた。

関西新聞社から、新議員になった山田万治郎の記事を取りに来た。縁なし眼鏡をかけ、仕立の通った値段の高そうな服を着た中年の記者であった。万治郎は用心深く、相手の顔を見たあげく、

「あの、銭要りまんのでっしゃろか」

「え、銭？」

中年の記者は、怪訝《けげん》な顔をした。

「新聞に載《の》して貰うのに、なんぼ要るのか、お尋ねしてまんねん」

「アハハハ……」

記者は、声をあげて噴き出した。

「そんなもの、全然、要らないんですよ」

「さよか、無料《ただ》でっか、おおきに」

こう安心するなり、万治郎は、手馴《てな》れた中年の記者がメモでき兼ねるほどの速い大阪弁で、調子づいて喋《しゃべ》った。

新聞が出た翌日、材木商の同業組合で、山田万治郎が、大阪商工会議所の議員になった祝賀会を催すことになった。

会場は、新町の吉安《よしやす》であった。六時からの宴会は、あいにく降り出した雨で出足の悪さが懸念《けねん》されたが、定刻になると、もう出席者五十人のうちの八割が集まった。万治郎は、正面の床柱の前に坐っていたが、黒い骨張った顔をいつものように、にこりともさせなかった。祝辞が並べたてられても、笑い皺《じわ》一つ出さず、頭だけ慇懃《いんぎん》に下げていた。同業組合の役員の挨拶が一巡すると、万治郎は、羊羹《ようかん》色になった黒紋付の膝《ひざ》を気にしながら腰をあげ、座布団の上にたった。

「大阪へ出て来ました時は伊勢こうこと云われ、それからはしぶ万と云われて来たわいでござりまっけど、この度は五代友厚はんと同じ議員さんになれまして、いうてみたら、商人の勲章をつけて貰うたようなもんだす、勲章いうもんは、陸軍大将で無うても、つけてみたら、嬉《うれ》しいもんだす、それで、えらい恐縮でっけど、この機会に、長年ご一緒に商いして来ました同業組合へ十万円寄付さして貰いたいと思うてます、それと、今夕の宴席を賄《まかな》わせて貰いまっさ、ほんまに今日は雨降りだすのに、ご足労はんでござりました、おおきに」

と云い、ひれ伏すように一礼した。

五十人近い列席者は、一様に耳を疑った。しぶ万が十万円、ぽーんと出しよる——、聞き間違いにちがいないと思った。誰かが、昂奮《こうふん》したように唸《うな》った。

「十万円！」

甲走《かんばし》った声を出した途端、モーニングを着た同業組合の岡田専務理事がたち上った。

「万治郎はん、あんた、この席で、ぼうっとしてしもて、じゅんさい（いい加減）なことを云うたら、取り返しつけしまへんぜえ、十万円でっせ」

確かめるように念を押すと、

「へえ、十万円だす、じゅんさいやおまへん」

万治郎は、聞き栄《ば》えのしない訛声《だみごえ》で、ぽそっと答えた。いきりたって聞いた方が、引っ込みがつかなかった。岡田専務理事は急に声を柔らげ、

「これはえらいご無礼さん、では確かに十万円の寄付を頂戴《ちょうだい》しまっさ、組合員一同に代りまして、有難うさんでございます、へへ……」

あとはお追従《ついしょう》笑いにまぎらわせて、恰好をつけた。急に座が沸いて、方々から盃《さかずき》を持って、万治郎の席へ寄って来た。

「万治郎はん、あんた、あないきびって（ケチついて）お金溜めるのは、えらいしんどおましたやろ」

「しんどい？　なるほど、そうだんな」

「万治郎はん、本気で出しなはったんか」

「へえ、本気だすわ」

何を云っても、万治郎は格別変った返事もせず、お世辞《べんちゃら》半分に話しかけた方が、張り合い無かった。

膳部が運ばれて来ると、万治郎は急にしゃんと坐り直した。まず吸物の蓋を取って、汁だけちゅっと吸い、あとは折詰にして持って帰るために、いつものように椀の中へ残した。黒い漆塗の椀の底へ、魚の切身が嵩高《かさだか》に溜った。万治郎は満足そうに、魚の

切身を見た。――何でも溜めるいうことは娯《たの》しみなもんや、今度は十万円ごっそり空っぽになりよったけど、また精出して、あの三寸四角の箱の中へ、一寸、二寸と札嵩《さつがさ》を増やすことや――。こう呟《つぶや》き、手垢《てあか》で黒光りした銭箱を思い出すと、にわかに万治郎の小さい眼が熱っぽくなった。

鰻《まむし》が出て来ると、右手で器の蓋を押さえ、左手をその底にあてがい、逆さにしてだし汁だけをしぼり取り、ごはんは折箱へ詰め込んだ。

「あ、万治郎はん！」

隣の席で、飛び上るような頓狂な声がした。岡田専務理事であった。

「あんた今、十万円ぽーんと寄付する云うたばっかりやないか、それに、そんな意地汚ない食べ方せんかて、ええやおまへんか」

「いけまへんか」

「いかん、今晩の宴会費まで、皆まかなう云うてるあんたやから、みっともない、また吝嗇《しぶちん》云われまっせ」

たしなめるように云い、地薄《じうす》になった万治郎の紋付の袖《そで》をひっ張った。それでも、万治郎は、お膳の上の料理を忙しそうに折詰にしながら、

「かましまへん、また明日《あした》からしぶちんで、せっせと銭、溜めさして貰いまっさ、こ

れでないと銭というもんは、溜りまへん」

こう云い、山田万治郎は、至極、あたり前の顔をした。

（「サンデー毎日・特別号」昭和三十四年一月）

遺留品

秘書の柳川瑛子《やながわえいこ》の背後で、樺山《かばやま》社長の豊かな体軀《たいく》の位置が、少し変ったような気配がした。バック・ミラーを見ると、樺山社長は、やや背中をずらし気味にしただけで、続けて書類に眼を通している。そのページを繰りながら、ちらっと腕時計に眼を当てた。

「今、八時二十分——、夙川《しゅくがわ》だね」

「はい、さようでございます」

瑛子は、きちんと顔を車の前方に向けたまま、慎み深い声で答えた。

バック・ミラーの中で、樺山社長は書類から眼をはなさず、軽く頷《うなず》いた。運転手の河合は、紺サージの制服、制帽をつけ、儀仗兵《ぎじょうへい》のような姿勢の正しさで、ハンドルを握っている。瑛子は、スーツのポケットから、秘書用の小さなメモを出して広げかけたが、風邪気味のせいか、妙に頭が重い。広げたままにして、ぼんやり窓外に眼をやった。

阪神国道を、コンベアー・ベルトに乗った箱のように、車が一定の間隔をおいて、流れている。毎朝見る通勤時の車の流れである。左側の遠くの窓外には、六甲山脈が秋らしい深みを加え、山襞《やまひだ》を際《きわ》だたせている。

うしろの席で、声がした。

「八時三十五分——、もう、尼崎《あまがさき》へ入ったね」

「はあ、本社まで、あと十八分ぐらいでございます」

樺山社長の出勤は、腕時計の針を見るだけで、窓外の位置を確かめなくても、今どこを走っているか解《わか》るほど、時間的には正確であった。

阪和紡績の社長である樺山正資《ただすけ》は、毎朝、午前五時になると、眼を醒《さ》ます。うっかりすると、樺山正資の起床時間の方が、八日捲《ま》きの柱時計の針より、正確な場合がある。

眼を醒ますと、十畳の居間に床を並べた喜代夫人に気兼ねするように、足音をしのばせて、そっと廊下へ出る。鉤《かぎ》の手に廻った廊下の一番端に来てから、いつも開け馴《な》れている雨戸を一枚繰って、庭下駄を履く。

五百坪ほどの庭は、芝生に松と樫《かし》、槙《まき》だけで、色花を使っていないから、庭全体が濃い緑一色に埋まっている。彩《いろど》りといえば、庭の東側に置いた築山《つきやま》の石肌であった。薄暗く重味のある早朝の空気の中で、石肌が乳色に濡《ぬ》れて光っている。樺山正資は、この五百坪の庭を、ゆっくり二廻りして、最後に築山の石の上に腰をかけて、三十分ほど端坐する。桝目《ますめ》の浴衣《ゆかた》を着た豊かな体軀を据え、やや眼尻《めじり》のきれ上ったきつい眼を細めるようにして、ゆっくり息をつく。ただそれだけのことであったが、この習慣が、ここ八年間変らなかった。それは、五十歳で社長になってから、ずっと続いている習慣であった。したがって、雨天で、築山の石に腰をかけられない日は、朝食の席で、少し不機嫌になる癖があった。

喜代夫人は、二つ違いの五十六歳であったが、子供がないせいか、五十歳そこそこにしか見えない艶《つや》やかな皮膚をし、眼にも、鼻筋にも、年に似合わぬ華やかな張りがある。それが、やや老《ふ》け気味で、重厚な顔だちの樺山正資と対照的であったが、こうした容貌《ようぼう》とは逆に、樺山夫妻の性格は、不思議なほど似かよっていた。どちらも几帳面《きちょうめん》で、質素なことが好きであった。樺山正資は、もう十数年前、外遊した時に調えた英国風の細目の黒っぽい背広を、いつも着ていたし、喜代夫人も流行と無縁の柄合の着物を着ている場合が多かった。

阪和紡績で、女子従業員のために茶室を新設し、その茶室開きをしたことがある。幹部の夫人たちが、茶室開きに招かれたが、その時、衣裳《いしょう》の新調をしなかったのは、喜代夫人だけであった。この日のために、訪問着と袋帯を新調した煌《きらび》やかな重役夫人たちの中で、喜代夫人一人が、つつましい装《よそお》いであった。年数を経た鉄微塵《てつみじん》の無地一つ紋に、渋茶色の袋帯をしめ、きちんと座席に端坐し、折目づいたお点前《てまえ》の手捌《てさば》きであった。華美な装いをして、衣紋竹《えもんだけ》のようなぎこちなさで、貧相なお点前をすませる夫人の多い中で、喜代夫人は、質素というお茶の心と作法にかなっていた。

几帳面という点では阪和紡績の社員から樺山社長宛《あて》に来る年始の挨拶状《あいさつじょう》はもちろん、暑中見舞状にも、喜代夫人の代筆で、必ず礼状がしたためられた。そして、病床の長期欠勤者には、樺山正資代と記した喜代夫人の巻紙の見舞状が贈られた。穂切れの美しい枯れた墨筆であった。喜代夫人は、毎朝、夫より三十分遅れて起床することになっている。それは、早朝の夫の独りだけの楽しみを妨げないためらしい。夫がしのび足で庭へ出てしまった頃を見計らって床を離れ、手早く身じまいすると、すぐ居間の机に向かって、小一時間、習字をするのが、朝の喜代夫人の日課であった。

六時半になると、樺山正資が朝露に濡れた浴衣の裾《すそ》を払いながら、庭に面した茶の間へ上って来る。小さな食卓に向かい合って、まず、玉露を一服、呑《の》みながら、新聞を広げ、三十分程で一面の政治面と社会面、経済面の見出しだけを拾い読みしておいて、食事をはじめる。

食事の間は、樺山正資も喜代夫人も寡黙《かもく》な性分だから、別にとりたてて喋《しゃべ》ることもない。樺山正資が、今朝はいい気分だとか、お前さんの方の体の工合はどうかいなどと、このごろ少し体を痛めている喜代夫人をいたわりながら、至極、平穏な朝の会話をするだけで、会社の話は一切しない。

ただ、二、三年前あたりから、九月になると、この朝食の雰囲気が少し変って来る。早朝から、樺山家を来訪する人が多くなり、玄関口が騒《ざわ》めくのである。それは、子供の就職を依頼に来る父兄の来訪であった。鬢《びん》に白髪を混えた親たちが、異様な凄《すさ》まじさで、樺山正資に面会を求める。その時刻は、たいてい樺山正資の出社前であった。

この種の来訪者があると、樺山正資は、応接間で会わず、自分で玄関先まで出て行って、鄭重《ていちょう》に来意だけ聞いて引き取ってもらうことにしている。それでも、強引にねばられ、無理に物品を置いて行かれる場合がある。そんな時は、

「じゃあ、それを私の方へ置いて行かれるだけで、気休めになられるなら、どうぞご自由に――」

ということにしている。そして、その物品の処理は、喜代夫人に任せることにして

いる。喜代夫人は、社員たちが来訪した時に、それを適当に分けて処分しているらしい様子であった。そんな温厚な樺山正資が、一度だけ、玄関先に仁王だちになって怒ったことがある。

その朝の来訪者は、商談を運ぶ時のような明快な口調で息子の就職を依頼し、二つの紙包みを式台に置いた。いつもは、先方の気休めかと、諦《あきら》めたように突ったっている樺山正資が、いきなり腰を屈《かが》めて紙包みに手をふれた。薄い小型の方の紙包みを手に取ったかと思うと、ベリッと紙をはがした。百万円のギフト・チェックであった。

樺山正資は、じっと相手を見詰めた。

「大川さん、こりゃあ、何ですか、百万円というのは、なるほどちょっと大金ですよ、だが、お宅の息子さんがこれで入社しようなんて、虫がよすぎます、そちらが金ずくでいらっしゃるなら、こちらも金ずくで御応対しましょう、お宅の息子さんが、入社して五十五歳の停年まで私の方の社で取る月収を考えてもごらんなさい、百万円など安過ぎますよ、あんたがこんなことを、恥——」

突然、樺山正資は、背中を向けた。来訪者は、樺山正資より高等学校で一年先輩であり、関西の著名な財界人であった。

茶の間へ引っ返すなり、座敷机に倚《よ》りかかるように坐り、

「破廉恥《はれんち》だ、あの人が、怖《おそ》ろしいもんだ、子供って——、そんな可愛《かわい》いものか……」

区切るようにここまで云い、あとは、言葉を呑んだ。喜代夫人の弱々しい視線が、そこにあったからだ。樺山正資は、

「子供なんてない方がいいな、親を卑屈にしてしまう場合だってあるね、その点、私たちは、生涯、醜くならないですむよ」

「でも、やはり、子供はあった方が……」

「いいよ、いいよ、無い方が、私たちは子供の無い人間の特権を持っているよ、な」

と云って、思いきり、大きな声をたてて笑ったが、樺山正資は、一瞬、妙な頼りなさを感じた。五十を過ぎた妻の淋《さび》しい心の内側を、じかに見たようであった。日頃は気にしなかったが、妻に何か楽しみを持たせてやりたいと思った。

こんなことがあってから、毎年、十月頃になると、樺山夫妻は、お互いに意識して、就職依頼者のことを話題にしないようにしている。

今年も、もう、一カ月前から、そうした依頼者が、朝早くから樺山正資を訪ねたが、頑《かたく》なに面会を断わり続け、例年より早い目に、大阪に先だって、東京支社から入社試験をはじめることにしている。そのために、樺山正資は、今夕の飛行機で、東京へ発《た》つ予定になっていた。

車が淀川大橋を越えると、静かな車内で、書類カバンを綴《と》じるファスナーの音がした。樺山正資は、喜代夫人に見送られて車に乗ると、すぐ新聞と書類を広げ、淀川の陸橋までその状態を続け、ここから先になって始めて、窓外へ眼をむける。そして、会社に着くまで無為でいるのが常であった。

秘書の柳川瑛子は、樺山社長の邸宅のある御影《みかげ》から二駅、大阪寄りの芦屋川に住んでいたから、毎朝、会社から来る社長用の車に乗って、樺山邸へ社長を迎えに行き、会社まで同乗した。

樺山社長は、秘書の瑛子に対しても、これという話をしたことがなかった。書類に眼を通しながら、急を要する用務があれば、二、三云い付ける程度であったが、瑛子は、樺山社長を冷厳な人だと思ったことがなかった。樺山社長と一つの車の中に同乗しているというだけで、寡黙で、何かほのぼのとした温か味が感じられた。それは、樺山社長の豊かな体軀のせいでもあったろうし、また、そのもの静かな眼《まな》ざしと音声のせいでもあるようだった。

車が阪和紡績の正門前に辷《すべ》り込むと、河合運転手が扉《ドア》を開け、瑛子がカバンを受け取ることになっているが、樺山社長は、その時、はじめて白い大きな歯を見せて、にっこり笑うが、その笑い方は、瑛子が秘書になってから五年間、同じ白さであったし、変らぬ温かさであった。難問題が山積している役員会を抱えていても、労働組合との交渉委員会が長引いている時も同じであった。

五階の社長室に入ると、樺山社長はすぐ書簡類の整理に取りかかる。瑛子が一般書簡と、社長親展を選択している傍らから、樺山社長は、どんどん手紙を処理して行く。その間に、新しい書類が来る、電話がかかる。相手と用務によって、これも瑛子が判断した上で社長に取りつぐ。この二、三時間ほどが、社長も、秘書も、最も多忙な時間であった。社長室と秘書室は、透明ガラス戸で隔てられていたが、忙しくなって来ると、この戸は開放したままにしておく。樺山社長は、どんなに仕事がたて込んで来ても、額際の白髪の下の鋭い眼に静かな光を湛《たた》え、口もとを柔らかに結んでいた。

樺山社長が、その日の書簡と書類を、一応処理し終った頃に、真っ先に顔を出すのは、いつも鈴木常務であった。痩《や》せ気味で瀟洒《しょうしゃ》な服装をした鈴木常務は、阪和紡績社内で、安田専務を凌《しの》ぐ、社内の主流派であった。人の陰口で、〝提案マン〟と云われるほど、絶えず社内の新機軸を提案し、始終そのことのために、働いていなければ気

「やあ、ご苦労――」

のすまぬ性格であった。

この日も、部厚な書類を持って、社長室に入った。ガラス戸越しに、社長と顔をつき合わせるようにして話し合う鈴木常務の姿が見えたが、社長室からベルが鳴り、瑛子が入って行った途端、樺山社長は、不機嫌な声で、

「鈴木君は、どうして、そう、しょっちゅう社屋の新築ばかり考えるんだ、社屋は君の服装のように瀟洒としていなくてもいいんだよ、それより、大津工場の整備の方が大事だよ、われわれメーカーというものは、本社はこの明治式の赤煉瓦《あかれんが》でもいいんだ、工場をどんどん、近代的な設備にすることだよ」

「でもね、世間のつき合いもありますよ、ちょうど高麗橋《こうらいばし》のところは、我が社の所有地だし、五十一銀行も、うちなら喜んで貸すと云っているのですから、建ててもいいんじゃないですか、いくら、なんでも、どんどん新しいビルが建つ時に、この刑務所まがいの赤煉瓦では――」

英国製の蝶《ちょう》ネクタイの上で、鈴木常務の薄い唇が、皮肉にまげられた。

「いや、これでいいよ、建物ばかり良くたってしようがないよ、そんなに五十一銀行が貸してくれたがるのなら、英国の新型紡機と連続漂白機を買おうじゃないか、あれを大津工場へ備えつけることが先だよ、だいたい君までが、そんなこと考えているの

が心細いよ」

「しかし、中井建設の方も、大へん乗り気なんですから、この際、つき合いの意味も、ふくめて、建ててしまった方が――」

鈴木常務の語調に執拗《しつよう》な粘りがあった。

「いや、私が社長在任中は、一切、営業部門の社屋の新築は認めないよ、第一、僕は、どんなことがあっても、新社屋などには、入らないよ」

こう云いきるなり、樺山社長は応接用のソファから起《た》ち上って、事務机の回転椅子《いす》に帰り、くるっと廻しながら、ガラス戸の前にたっている瑛子に聞いた。

「今日は、ロータリー・クラブの日だったね、それから一時半からは綿業懇話会だったかな」

「ええ、それから、三時半から商工会議所の評議員会で、東京行の飛行機は、五時二十分伊丹発という予定になっていますが――」

瑛子は、鈴木常務に気兼ねしながら、スケジュールを伝えた。

「ああ、そう、じゃあ、すぐロータリー・クラブへ行く車を」

吸いさしの煙草《たばこ》を、灰皿に投げ込み、樺山社長は、もう一度、鈴木常務の方へ向き直り、

「じゃあ、鈴木君、今の件についての僕の意見は絶対変らないから、そのつもりで――、僕は、夕方の便で明日の入社試験の成績を見に行くよ、即日採点だから」

こう云い置いて、社長室の扉を自分で引き開けた。

樺山社長がロータリー・クラブへ出かけてしまうと、瑛子は、五時二十分に社長を伊丹へ送って行くまで、これという用事はないわけである。社長から云いつかった事務連絡要領を、カーボン紙で二枚書きすることと、ニューヨークの出張所長宛《あて》の社長指示をタイプに打っておけば、それでよかった。

飛行機出発時間の一時間前に、瑛子は商工会議所へ樺山社長を迎えに行った。車が会議所の玄関前に着くと、社長は呼びに行くまでもなく、きちんと表玄関へ姿を見せていた。大阪から伊丹へ着くまでの三十分程の間は、正午から三つ続いた会合のせいか、樺山社長は、クッションに背をあてて、ぐったり体を倒していた。

伊丹空港へ着くと、樺山社長は待合室のソファに腰をおろすなり、売店で水をもらって来てくれるようにと、云った。水を一杯満たしたコップを持って、瑛子がソファへ帰って来ると、樺山社長はポケットから薬瓶を出し、

「この頃、少し胃の調子が悪いんだよ、酒は飲むけれど、胃潰瘍《いかいよう》になるほど飲まないから、神経性胃潰瘍という、厄介な奴《やつ》らしい、こう忙しいと、秘書も可哀《かわい》そうだな、

私は明後日の最終便で帰って来るから、二日間、年次休暇をとってもいいよ、東京の仕事は、入社試験の採点を見るぐらいで、ほかにこちらへ連絡を要するようなことはないからね」

疲れ気味の顔でこう云い、樺山社長は、薬を飲んだ後も、何度も水を口に含んだ。

「でも、社長室のお留守番をしながら、ぼつぼつ、片付けものを致しておりますから、東京で何かご用ができましたら、どうぞ、おっしゃって下さいまし」

瑛子は、こう云いながら、社長室が留守になった時に、いつも感じる妙な心もとなさを、ふと思い出した。

飛行機は定刻に飛び発つようだった。十五分前になると、

「じゃあ――」

軽く頷くようにして、カバンを受け取り、

「定刻に出発、体に気をつけるようにと家へ電話を頼むよ」

いつものことであったが、必ずそうした連絡をするのが樺山社長の習慣であった。

改札口から搭乗ゲートまで、樺山社長は広い肩幅を見せてゆっくり歩いて行った。

瑛子は、二十八歳の女性らしい感傷をこめて、そのうしろ姿を見送っていた。頭に白髪を混え、厳しく徹《とお》った眼ざしと深い温かい心を持っている五十八歳の老紳士、そう

して、いつもその胸に老妻の姿が貼《は》りついているような清潔な私生活を持つ人――、そんな鮮やかな印象が、瑛子の心をみずみずしく打った。

　東京の支社から、社長が予定通り、今日の最終便で帰阪するという電話があった。瑛子は、その連絡を聞き終るなり、すぐ御影の樺山邸を呼び出してもらった。

「奥さまでいらっしゃいますか、柳川でございますが、社長は予定通り、今晩の最終便でお帰りになります」

「いつも、お世話さんでございます、あんさんも、なかなかお疲れでっしゃろ――」

　喜代夫人は、おっとりした口調で瑛子を犒《ねぎら》った。船場《せんば》の商家の出だけに、品のいい柔らかな大阪弁であった。

「有難う存じます、伊丹からすぐお車でお送り申し上げますから、ではまた後ほど――、失礼致します」

「へえ、おおきに――、さいなら」

　到底、五十六歳とは思えぬ耳朶《じだ》にまとわりつくような甘さを持った語調である。大阪弁のせいだろうか、それとも五十を越しても心の深みで練糸のように艶々《つやつや》しく結びついている夫婦だからだろうか――。受話器を置いてからも、瑛子の耳にじんわりと、残った。

午後九時四十分に着陸する筈《はず》の最終機は、十一時半を過ぎても、前照燈を見せなかった。十月初旬の夜というのに、妙に蒸し暑く、暗い夜空は一面に露を含んだような湿っぽさであった。迎えに来ている人たちの殆《ほとん》どは、待合室から出て、夜空をふり仰ぐようにして待っていた。日東航空の延着は、今日だけのことではなかったが、十一時を過ぎかけると、さすがに異様な感じがし出した。

瑛子の顔見知りである丸山証券の専務秘書は、ラグビーで鍛えた肩を怒らせ、日東航空の社員を呼びつけた。

「君、もう、十一時半だぜ、こんなに待たせるなら、何とか一言、理由を説明したら、どうなんだ」

「何度も、羽田空港へ連絡しているんですが、そのまま待機、待機というだけで、こちらも困っているんです、おそれいりますが、今、暫《しばら》くお待ち願います」

「今、暫くって何分だ、何時間のことなんだ」

と云う間にも、日東航空の伊丹事務所の中では、羽田空港を呼び出している社員の声が、殺気だって苛《いら》立《だ》っている。額に汗を滲《にじ》ませながら、曖昧《あいまい》な応対をする若い社員に代って、年配の運航課長がカウンターへ現われた。

「長時間ご迷惑をおかけ致しております、羽田発二十時の二〇三便は、定刻に羽田を発ちましたが、二時間前から連絡を断ち、いまだに消息不明でございますので、一応、日東航空大阪支店までお帰り願い、爾後《じご》のご連絡をお待ち戴《いただ》きたいと思います」

さっと緊張した気配が流れた。運航課長は、言葉をついだ。

「本日は、通常の天候でございますので、おそらく無事に不時着を致していることと存じますが、ただはっきりした消息がつかめず、今、暫くお待ち願います」

「どの辺で、消息不明になったんだ！」

「原因は何だ、はっきりしろ、サービスが悪いぞ！」

怒気を含んだ声が、深夜の伊丹空港の待合室にがんがん跳ねかえった。瑛子は怒気と生温かい人いきれに揉《も》まれながら、ふと戸外に眼を向けた。薄暗い明りに照らされているモータープールの端に、樺山社長の乗用車であるベンツが四角いシルエットを描いていた。照らし出された窓ガラスの向うでは、待ちくたびれた河合運転手が居眠りしているらしかった。ひっそりと黒く、真っすぐな線をもった車の屋根が、暗い夜気の中で美しかった。

日東航空側の案内に従って、出迎えの人々は、一応、大阪支店へ引っ返すことになった。瑛子は、河合運転手と車を飛ばして、大阪中央郵便局へ行き、そこから鈴木常

務の家へ電話をした。鈴木常務は、心の昂《たかぶ》りを押し殺すような声で、

「今、ラジオで消息不明を聞いたばかりだ、君はずっと日東航空へ詰めていてくれ、社長の奥さんと専務の方へは、僕の方から連絡するから」

これだけ指示すると、ガチャリと電話をきってしまった。

日東航空大阪支店の待合室は、伊丹空港よりさらに膨れ上った人数で、表の扉《ドア》も開かれ放しになっていた。三台の電話はすべて塞《ふさ》がり、昂奮《こうふん》しきった顔と手が、電話を取り合いしている。新聞記者や放送記者が、事務室の奥へ入ったり、出たりして騒《ざわ》めいているが、まだ確実な情報がないらしい。苛立たしそうに煙草を吸い、落着きのない眼を待合室の人に向けている。事務室の奥からは、声を嗄《か》らして東京を呼び出す声が聞えて来る。

瑛子は、鈴木常務との連絡のために、河合運転手に表の扉のところにたっていて貰《もら》い、自分は待合室の隅の椅子に腰をおろした。

消息不明――不時着――全員無事
消息不明――墜落――全員死亡
この二通りのコースが、瑛子の頭の中で、赤信号と青信号が点滅するような早さで入り乱れた。

鈴木常務が駈《か》けつけて来た。徹夜で待機のつもりらしく部厚な合オーバーを重ねて、中折れ帽を目深にかぶり、両手を前ポケットに突っ込んでいた。こうした緊急の場合にふさわしい気負いたった服装であることが、かえって瑛子にはそぐわない感じを受けた。

「柳川君、ご苦労だったね、食事をすましたかね、この近くは少し品は悪いが、夜中の二時頃までやっている店があるから、河合と食っていらっしゃい、僕がここで情報を聞いているから——」

「あの、社長の奥さまは——」

「奥さんには、すぐこのことをお電話したけれど、家で主人の夜食の用意を致しておりますと、いつものおっとりした調子でおっしゃってたから、それ以上、おすすめしなかったよ」

瑛子は、自分の首筋のあたりがほのぼのと温《ぬく》もるような気がした。きちんと帯をしめて、何時になっても、夜食の用意をして待っている夫人の姿と、そのために宴会があっても、家でお茶づけを食べられるだけのお腹《なか》加減をして帰る樺山社長の気遣いが、瑛子の心の中で重なり合った。

夜が白みかけても、消息は依然として、不明であった。日東航空大阪支店は、家族や関係者が詰めかけ、午前五時過ぎには、五、六十名に達し、近くのレストランも、控室に準備された。徹夜でラジオと日東航空の東京電話にしがみついていた家族や関係者たちの顔には、疲労と不安の色が急に濃くなって来た。深夜から夜明けにかけて底冷えが強くなった。スプリング・コートを足に巻きつけている女の人も、靴を脱いでソファに趺坐《あぐら》をかいている男性も、一様にぐったりと顔を俯《うつむ》けている。日東航空の社員に詰め寄っていた人も、次第に口を噤《つぐ》んでしまった。鈴木常務はきちんとした姿勢で腰をかけていたが、時々足を組みかえて煖《だん》をとっているようだった。

午前七時、事務室の扉《の》のあたりにたまっていた新聞記者が、突然、犇《ひし》めくように起ち上った。それを、押し退けるようにして、日東航空大阪支店長が、カウンターの前に起った。異様に昂った表情で、直立不動で突ったち、口を開いた。

「まことに申しわけありませんが、もはや重大な段階に入ったと申し上げねばなりません、消息を断っていました二〇三便機は、中部山脈のあたりで、山腹に激突した模様で、そのあたりで墜落した機体を捜索機が発見致しました」

一瞬、凍りついたような静けさに包まれたが、家族たちはわっと、押し合うようにカウンターへ殺到した。

「乗客は助かったか！　大丈夫か！」

「なぜ、今まではっきりしなかったんだ。無責任だ！」

「乗客のことを、早く云え、乗客のことが先だ！」

鋭く詰め寄る声が、殺気だった。支店長は横倒しになりかけた。新聞記者や放送記者が、それを支えるようにしてたち、キャメラマンが、激しくフラッシュをたいた。

「馬鹿野郎！ 新聞などあとだ、乗客は助かったのか、どうか、早く調べるんだ！」

叩《たた》きつけるような男の声が、怒鳴った。

瑛子は、ふらふらと起ち上り、カウンターの端につかまっていた。樺山社長は遭難した。しかし、生きているかも解《わか》らないのだ——。瑛子は一縷《いちる》の望みをもってやっと体を支えた。背後に鈴木常務が、たっていた。青ざめてはいたが、異様に落ちついた視線であった。

しかし、それから一時間後、消息を絶ってから十時間半目、十月六日午前八時に、遭難の詳細が発表された。

二〇三便機は、中部山脈の△△山東側約二キロの地点で山腹に激突し、散乱した機体と死体が発見され、全員死亡であった。

直ちに号外が出され、この日の夕刊には遭難した三十五名の乗客と、機長、操縦士、パーサー、スチュワーデスの写真が、三列に並べられた。

樺山社長の写真は、特に大きく最初に扱われ、『かけがえのない財界人』という見出しに続いて、十六行程の記事が、樺山社長の最期《さいご》を記していた。

阪和紡績社長、樺山正資氏（五八）は、三日、同社東京支社の入社試験のため上京し、その帰途に遭難した。大破した機首の陰にうつ伏せになった樺山氏の紫色に変った手首には、金側の腕時計だけが生きもののように正確な時を刻んでいた。なお同氏の遺留品は、T・Kと頭文字の入った黒皮カバン一つで、これは同氏の死体から約三十メートル離れたところに土まみれになっていた。ひき裂かれたカバンの縫い目から、同社第一次試験合格者の氏名を記した書類と、米国製の胃薬と、ドライ・ミルクの罐《かん》がはみ出していた。

瑛子は、もう一度、読み返した。

第一次試験合格者の名簿、米国製の胃薬とドライ・ミルク——、これが樺山社長の遺留品であった。樺山社長の死が改めて、強く、瑛子の胸に来た。

社長の死後も生きもののように時を刻んだ時計は十時間半前までは、樺山正資の人生を刻み、また柳川瑛子の仕事を刻んだ時計であった。瑛子は、はじめてこの五年間の自分の生活と仕事を形造っていたものの正体を知ったようだった。女子大を卒業して最初に接した人生が、樺山社長の時計の針のように、正確に間違いなく積み重ねて行く人間の姿勢であった。はじめは息詰るような窮屈さを感じていたが、次第にそれが瑛子の生き方にもなり、いつの間にか自然に瑛子の、人生を見る目盛《めもり》になっていたことに気付いた。

しかし、今はもう、その時計を腕にはめ、その時計の正確さで仕事をし、自らの人生を歩んだ人は、死亡乗客の一人になってしまったのだった。瑛子は、新聞紙で顔を掩《おお》うようにして、樺山社長の写真を見た。黒い背広を着て、ゆったりとした上半身を、真正面に向けている写真である。

樺山社長の遺体は、東京の東亜製鋼の専務である実弟、樺山正義氏と、大阪から駈けつけた鈴木常務の手によって、築地本願寺で茶毘《だび》に付し、遭難してから四日目に、遺骨になって大阪へ還《かえ》って来た。

死体確認の報《しら》せが入ってから、一切、面会を謝絶していた喜代夫人は、今日はじめて、人前へ出るのであった。土色に細った体を黒い喪服に包み、髪を茶筅《ちゃせん》風につめ、危なげな足もとに真白な足袋が眼にしみ入るようだった。親族の人らしい中年の紳士が、両側から挟み込むようにして付き添っていた。

列車が静かに止まった。故樺山社長の遺骨は、白布に掩われ、鈴木常務の胸に抱かれて降りた。喜代夫人は、はっと、膝前《ひざまえ》の細い手を前に出しかけ、そのまま顔を俯《うつぶ》せにしてしまった。一瞬のことであったが、喜代夫人の斜めうしろにたっていた瑛子には、はっきりそれが見えた。子供がものを欲しがる時、両手を差し出すように、夫の遺骨に向かって、思わず、両手を宙にうかせた。清冽《せいれつ》な瞬間だった。瑛子の胸にふつふつと涙が湧《わ》き上って来た。

喜代夫人の黒い喪服が、ゆらりと動いた。故樺山社長の遺骨のあとに随《つ》いて、出迎えの人々が、長い列をつくって構内を横切った。西出口に待っていた車は、社長の乗用車であるベンツであった。河合運転手が、ふるえる手つきで扉《ドア》を開けた。遺骨になった樺山社長は、鈴木常務の膝に抱かれて、いつもと同じ左側の席に坐った。その隣に喜代夫人が坐り、運転手の横に瑛子が坐った。

車の中でも、喜代夫人は、じっと顔を俯せていた。嗚咽《おえつ》を嚙《か》み殺しているような固い沈黙であった。鈴木常務も、一言も口をきかず、時々、重苦しい咳《せき》をした。

瑛子は、自分の腕時計を見ていた。淀川大橋から尼崎まで十五分、尼崎から西宮まで十五分、車は、樺山社長の生前と同じように、一定の時間で走っていた。瑛子はちらっと河合運転手の横顔を見た。四十過ぎの無口で、いつも無表情な顔が、ハンドルを握りながら微《かす》かに歪《ゆが》んでいた。西宮から夙川《しゅくがわ》まで五分——、これも正確であった。しかし、もう、うしろの座席から、それを確かめる声がなかった。瑛子は、バック・ミラーを見た。鈴木常務と喜代夫人が、ひっそり坐り、後窓《バック・ウィンドウ》からは、阪和紡績関係者の車が数台、列を連ねているのが映った。

樺山家の長い廊下には、白布が敷き詰められ、奥の間には祭台がしつらえてあった。鈴木常務は祭壇の前に座を占めてから、はじめて喜代夫人に弔慰の挨拶《あいさつ》をして、故樺山社長の遺骨を夫人に手渡した。

「なにかと、えろうお世話さんでございました——」

喜代夫人は両手にはさみこむようにして受け取り、暫く、自分の掌《てのひら》の温もりを伝えるようにしてから、静かに祭壇の上に遺骨を安置した。喜代夫人の眼尻《めじり》から汚点《しみ》になるような大粒な涙が滴《したた》った。

鈴木常務が、そっと瑛子を茶の間の方へ呼んだ。机の上に木綿の風呂敷につつまれた包みがあった。

「柳川君、これが社長の遺留品だよ、僕は今から明日の大阪本社の入社試験と、葬儀関係の手配のことで社へ帰るから、君から奥さんに手渡してあげてくれ、それから、カバンの中にあった東京の第一次合格者氏名の名簿は必要だったので、カバンを受けとった時に、すぐ貰っておいたから、奥さんにそうお伝えしておいて下さいよ」

こう云って、鈴木常務は席をたち、ズボンの折山《おりやま》に軽く手をあてた。この東奔西走のとりこみの中で、不思議なほどズボンの筋が、ピーンとたっていた。

弔問客が、やや跡絶《とだ》えた時、瑛子は、喜代夫人に遺留品のことを伝えた。

喜代夫人は、木綿の風呂敷包みを眼の前に置いて、気持を整えるように見詰めていたが、やがてしなやかな白い手で、ゆっくり結び目をほどいた。

黒の皮カバンは、無慚《むざん》に擦《す》り切れ、土にまみれていた。縫い目が裂けていたが、喜代夫人は、ファスナーをひいて、カバンを開けた。日東航空の茶色の封筒が出て来た。中に金側の腕時計が入っていた。

樺山社長の死体が発見された時に、なおも動いていた時計だった。カバンの損傷にもかかわらず、ガラスにひびさえ入っていなかった。喜代夫人は、捻子《ねじ》を巻き、耳に時計をあてた。しばらく眼を細く閉じるようにして、耳を傾けていたが、思いついたように、瑛子に手渡した。瑛子も、そっと時計を耳にあてた。チック、タック、チック、タック、軽く澄んだ音が、正確に時を刻んでいる。

次に破れた包装紙の包みが、取り出された。東京日活会館の中にあるアメリカン・

ファーマシイの包装紙であった。米国製の胃薬とドライ・ミルクの罐が包まれていた。プラスチックの箱に入った胃薬は、胃潰瘍によくきくという意味の説明書が添付されていたが、上蓋《うわぶた》は殆《ほとん》ど、毀《こわ》れかかっていた。ドライ・ミルクの罐は、でこぼこにへし曲っていた。喜代夫人は、歪《いびつ》な罐を振るようにして、

「このドライ・ミルクは、どないしたことでっしゃろ」

「奥さまが、お頼みになったんではございませんの」

「いいえ、うちにはこんなドライ・ミルクなんかいりまへんし、親類内《うち》にも、最近、ミルクを差し上げんならんようなところおまへんのに、おかしなお人――」

と云いながら、喜代夫人は、はじめて口もとを綻《ほころ》ばせた。

樺山社長の葬儀が終ると、もう、新社長の選出で、社内中が落着きを失っていた。重役室の出入りが急に激しくなり、十二人の役員が、おのおの勝手な想像や推測に脅《おびや》かされたり、調子づいたりしていた。その間を、どこの会社にも、一人や二人は居そうな情報屋という厚顔な中堅社員が、ぬけ目なくたち廻《き》っていた。

瑛子は、社長秘書を解かれ、新社長が定まるまで、重役室全般の秘書事務を手伝うことになった。十二人の重役中、四人は東京常駐で、あとの八人が大阪本社にいる。

八人の重役が、慌《あわただ》しい人の出入りとともに、矢つぎばやに用事を云い付けた。同じことを二度命じたり、朝云いつけた内容と、午後云った内容と相反する時もあった。社長の噂が出ると、瑛子が重役室に出入りする度に耳にするのは、故樺山社長の噂《うわさ》であった。樺山社長の生前中、屋根裏を走る猫のように姑息《こそく》だった重役ほど、ひそひそと熱心に樺山社長の噂をした。

樺山社長の死後、はじめての重役昼餐会《ちゅうさんかい》があった時のことである。これは毎月、二十日に行われるので、二十日会と云われる昼食会であった。幕の内と吸物ぐらいの簡《か》単なもので、重役が集まって話し合う懇親が、目的だった。

給仕を手伝って、瑛子が幕の内を配っている時、赧《あか》ら顔で胴間声《どうまごえ》の安田専務が、

「驚いたね、樺山社長に隠し子があったとはね」

瑛子は、幕の内の器を取り落しそうになった。

「専務、隠し子とは、きつい云い方ですよ」

末席に坐っている青木総務担当重役が云った。一番若い真面目《まじめ》な重役であった。

「いや、きつくないよ、でこぼこにへしゃげた乳幼児用のドライ・ミルクが、カバンの中に入ってたんだからな、日活会館の下で買ったものだってねえ、鈴木君、そうだな」

「いえ、そんなことを、今――」

鈴木常務は、あわてて話を逸《そら》し、素知らぬ顔をした。しかし、ドライ・ミルクの罐のへしゃげ方から、買い求め先まで、安田専務が知る筈《はず》がなかった。それは、喜代夫人と瑛子と、そして遺留品のカバンを開けて、東京支社の第一次合格者名簿を取り出して行った鈴木常務だけが知っていることであった。樺山社長の生前中は、社長に次ぐ社内主流派の実力者であった鈴木常務が、いち早く反対派の安田専務に阿《おもね》るために漏らしたものらしかった。大きな安田専務の声が続いた。

「いいじゃないか、内輪《うちわ》ばかりの集まりだから――、あれだけの遭難事件だから、新聞に遺留品として書いてあった時は読み過ごして、別に気がつかなかったが、なるほどね、こともあろうにドライ・ミルクとはね」

樺山社長時代、あまり陽の目を見なかった安田専務は、肥満した体をゆすりあげるようにして云った。

「そうしてみると、一番その方面に縁遠そうな樺山社長が、なかなかたいしたことだったということですね」

年中酒くさく澱《よど》んだような皮膚をしている佐々木取締役が、専務の意を迎合するように云った。

「ドライ・ミルクをしっかと握って死す——か、なかなか薩摩隼人《さつまはやと》らしい純情な最期じゃないですかね」

小心な労務担当重役は、呟《つぶや》くように云って上眼遣いに安田専務と鈴木常務の方を見た。鈴木常務は、落着き払って煙草《たばこ》をくゆらしていた。その横に経理担当の足立重役が、エネルギッシュな逞《たくま》しい体をして、腕を組んでいたが、

「だいたい僕は、前々から日よし亭の女将《おかみ》だとにらんでいたんだが、まさかと思ったりしてね」

思わせぶりなねっちりした口調であった。

瑛子は会議室の扉を閉め、廊下へ出るなり、化粧室へ入った。化粧室には誰もいなかった。鏡の中の瑛子の眼は、瞳《ひとみ》に焦点を失い、唇が乾いていた。子供のない樺山社長が、なぜ乳幼児用のドライ・ミルクの罐を持っていたのだろうか。喜代夫人も買ってくることを頼まなかった筈である。一体、何のためにドライ・ミルクが必要だったのだろうか。会議室での話を聞くまで、考えてみようともしなかったことであった。

瑛子が五年間、接して来た樺山社長は、孤高で厳格な人という一語につき、隠された暗い私生活など考える余地もない人であった。しかし、今、遺留品の中にあったたった一個のドライ・ミルクの罐が、一人の人間の評価を、瞬時にして、塗り変えよう

としている。瑛子は得体の知れぬ怖ろしさと憤《いきどお》りを感じた。

それから五日目に、瑛子は友人の結婚式があるからという口実をつくって、三日間の年次休暇をとって上京した。

東京駅へ着くなり、有楽町の日活会館へ車を走らせた。二十坪ほどの広さの清潔な一角が、アメリカン・ファーマシイであった。米国製の薬品、化粧品、罐詰などの日用品が、オープン・ショーウィンドウ式に堆《うずたか》く並べられていた。瑛子は薬品を並べているケースの前にたった。

ストップ・エイト――、白地に黄金色の英字を記したラベルが、そこにあった。樺山社長の遺留品の中にあった胃薬である。瑛子はケースの端の方にたっている若い店員に声をかけた。

「あの、ちょっとお伺いしますけれど、二十日《はつか》ほど前に、このお薬を買った五十七、八の男の方、覚えていらっしゃいませんかしら、黒っぽい背広を着た――」

「二十日ほど前、五十七、八の方――」

まる顔の口紅の色の美しい店員は、ちょっと首をかしげて、頷《うなず》いた。

「ええ、あの、飛行機で遭難なさった方ではございませんか、新聞でお写真を拝見して、あの時のお客さまじゃないかしらと思っておりました、前の日の夕方、お元気でお買物いただいたばかりですのに――」

「それから――、その時、ドライ・ミルクも、一緒にお買いになりましたかしら」

「ええ、お薬をお包みしていると、うしろで、ああ、これ、これとおっしゃるので振り返りますと、ほら、その横のケースにございますピーコック・ドライ・ミルクを手にお取りになって、これどこにでも売ってるの？　とお聞きになりましたわ、それで、いいえ、一般のお店ではあまり売っておりませんと申し上げると、じゃあ、その大きい罐の方をと、おっしゃいましたわ」

瑛子は、店員の丁寧な説明を聞きながら、詮索《せんさく》がましい自分の立場に顔が赧《あか》らむような思いがした。しかし、思いきって、

「そのほか、別に、何か、おっしゃらなくって？」

と聞いてみた。

「いいえ、別に――」

今度は、急に店員の方で、瑛子の顔を不審そうに見詰め出した。

瑛子は、慌《あわ》てて眼の前にあるビタミン剤を買ってそこを出た。

やはり、胃薬もドライ・ミルクも、樺山社長は、自分で出かけて、間違いなく買っ

たものであった。使いの者に買いに行かせて、何かの間違いで買って来たものでもなく、また人からの贈り物でもなかった。瑛子は、そのまま、すぐ阪和紡績の東京支社へ飛び込んで、帰阪前後の樺山社長の様子を聞きたかったが、この日は、友人の結婚式ということになっていたから、辛うじて、その行動を押えた。

翌朝、九時になると、もう瑛子は丸の内の東京支社へ出かけていた。秘書課へ顔を出すと、五人の女の秘書のうち、三人だけが出勤して来ていた。樺山社長の生前中は、重役の出勤時間にも喧《やかま》しかったから、重役も九時きっかり、秘書課員は八時三十分に出勤していた。だが、もう、そうした規律も緩んでいるらしい。重役の姿は見えず、二人の秘書が三十分も遅刻をしていた。

瑛子の顔を見るなり、三人の秘書たちは、すぐ、今度の日東航空遭難事件を話題にした。しかし、遭難事件そのものより、ドライ・ミルクの遺留品に興味があるらしかった。特に瑛子が樺山社長の専任秘書であっただけに、瑛子から、樺山社長の私生活を聞き出したがっていることが読みとれた。

「樺山社長のドライ・ミルクなんて、まるで地唄とジャズみたいなもんじゃないの」

「名声と金のある男なんて、まるで知能犯の代表みたいだわね、四六時中、秘書と乗用車がついて廻っていて、絶対おしのびなどは不可能な筈なのに、完全犯罪に近いわね」

「一体、柳川さんは、前から知ってたの、あなたにとって、樺山社長は畏敬《いけい》する大人物のはずだったのじゃないの」

三人が呆《あき》れたような軽侮をもって、喋《しゃべ》り出し、一罐のドライ・ミルクの興味が思いがけない早さで社内に広がっていた。瑛子は硬い口調で、

「でもね、こんな一つのことで、人間の評価が、簡単に変ってはいけないと思うの」

「そういうあなたは、案外、樺山社長の完全犯罪の共犯者だったんじゃない？　そして、瑛子さんだって、おきれいだから……」

こう云ったのは、瑛子と同窓で、揃《そろ》って大阪本社で受験し、東京支社へ廻された中野美千子だった。華やかな顔だちに、皮肉な笑いを泛《うか》べていた。

「まあ、失礼ね――」

瑛子は、次の言葉が継げなかった。卑《いや》しい噂は、それを口にする人の卑しい心をのぞき見るようだった。

「冗談よ、そんなにムキになって怒らなくてもいいじゃないの、ところで、あのミルクどうなさるつもりだったのかしら、まさかお弱いと云っても、五十を過ぎた奥さまにドライ・ミルクでもないでしょう、といって、いくら社長の胃が悪いといっても、

ミルクとはね、ホホホホホ」

中野美千子は、甲高《かんだか》い笑いを瑛子の顔に投げつけた。

「でも、誰かに頼まれたってこともあるじゃないの」

「そうよ、頼まれたか、ご自分の意志か知らないけれど、社長が乳幼児用のドライ・ミルクを買って持っていらしたということは事実よ、社長が何のために、誰のために、そんなものをお買いになったか、なかなか興味のある大問題よ」

瑛子は、咽喉《のど》が干《ひ》乾《から》びるような苦しさを感じた。中野美千子は、さらにおっかぶせるように、

「社長が大阪へ帰る途中で持っていらしたということで、大阪の女性であることには間違いなさそうね、それに事故のあった日のお昼ごろ、大阪弁の女性から社長に電話がかかっていたってことよ」

「え、大阪弁の電話――」

「そう、交換手の井上さんが、そんなこと云っていたわ」

「井上さん……そう」

交換手の井上千代子なら、瑛子もよく知っている。二十年勤続の交換手で、大阪本社から東京支社を呼び出す時に、その声だけで井上千代子と解《わか》るほど太い魅力のある

声で応対する。井上千代子が出ると、瑛子はきまって、二言、三言、日常の挨拶を交わすことにしていた。瑛子は、すぐに、井上千代子に会いたいと思った。中野美千子には、銀座で買物があるからと云って、秘書課を出た。

井上千代子は、交替時間で交換室にはいなかった。更衣室の扉を開けると、人影のない畳敷きの部屋で、休息をとっていた。井上千代子は、突然、扉の陰から顔を出した瑛子に驚いたようだった。

「まあ、柳川さん、何時《いつ》いらしたの」

「昨日、友人の結婚式で来たんだけど、ちょっと、伺いたいことがあるの」

口ごもりそうになったが、瑛子は、思いきって率直に聞いた。

「あの社長の事故のあった日にね、大阪弁の女の方から、お電話がかかってたというのは、ほんとうなの？」

「ああ、あのこと、かかって来ましたわ、私この頃、すっかり大阪弁好きになっちゃって、それにランチ・タイムの暇な時だったもんだから、つい盗聴してしまったのよ」

「それじゃ、お話の内容、みんなお聞きになったわけね」

「全部じゃないけれど、でも、女の方の大阪弁って、甘くて、柔らかか味があって魅力的ね」

井上千代子は、さばさばとしてこだわらない性格であったから、気軽に話してくれた。

「覚えていらっしゃる、その時の会話——」

「そうね、はじめ、社長にお昼ごはんを一緒にして戴《いただ》きたいって、云ったようだったわ、社長は今日、帰らなくちゃならないから忙しくて駄目だとおっしゃったらしいわ、それから、ほかの電話が二本ほどかかって、と切れちゃって——そう、そう、それから、(ほんなら、もう半月ほどしたら、生まれますねん、楽しみにしててほしいのやわ、可《か》愛《わい》らしことですやろ)って、三十歳ぐらいの声ね」

「もう、半月ほどしたら、生まれるですって？」

瑛子は、それ以上、繰り返せなかった。しかし、激しい動揺を押し隠して、もう一度、聞いた。

「でも井上さん、電話の声を聞いただけで齢《とし》までわかるものかしら？」

「そりゃあ私たちには、解りますよ、だって年季の入ったダンサーは、お客さんと組んで、相手の肩に自分の手をおいた途端、その人の職業から生活、年齢までわかるというじゃないの」

「そう、そんなものなの、それじゃ確かなのね、三十歳ぐらい——」

瑛子は、井上千代子と向い合っているのが、やっとの思いであった。窓から射《さ》し込む光線を背後から受けて、顔の輪郭と肩線だけが縁取られている井上千代子の姿が、急に怖《おそ》ろしい影絵に見えた。

「そうだったの、有難う」

「有難うって、柳川さん——」

訝《いぶか》し気《げ》な井上千代子の声が、うしろで聞えたが、瑛子は逃れるようにして、更衣室の扉を開けた。

机にもたれながら、瑛子はタイプライター用紙の裏に落書をしていた。

料亭日よしの女将《おかみ》　金田よし　34—35歳
待合八幡の女将　山田ツヤ　40歳？

バー・シロのマダム　水川羊子　28—30歳
この三人が、重役室で専《もっぱ》ら取り沙汰《ざた》されている女性だった。東京から帰って来てからの瑛子は、さらに樺山社長に関する噂に敏感になった。重役室での噂はますます大きく、具体的になっていた。瑛子はそれを一々、自分の胸に書き止めた。金田よしと山田ツヤと水川羊子の三人は、阪和紡績が接待用によく使う店の女主人であった。それにしてもこの三人が噂の女性にあげられたのは、故樺山社長が、阪和紡績主催のカクテル・パーティを開く時には、きまってこの三人を接待役に呼んでいたからだというのである。そして、この三人の店への支払いが、他《ほか》の料亭やバーをぐんと引き離して、毎月、多額であったことと、三人ともパトロン無しということで通っていたからであった。

瑛子は、この三人のうちで、真っ先に四十そこそこと云われている八幡の女将の山田ツヤを除外した。交換手の井上千代子が三十歳ぐらいの声といったからである。そうすると、料亭日よしの女将である金田よしと、バー・シロのマダムである水川羊子の名前が、残った。

水川羊子は、白く冴《さ》えた顔の中で、茶色がかった大きな瞳を見開き、栗色《くりいろ》の髪を額の中央でぴったり分けた品のいい顔だちであった。もしそうだとすれば、もっとも樺山社長にふさわしい人だった。その店で出される容器は、高価なカット・グラスであったし、第一、店の内部にかけられた絵が、すべて筋の通った一級品であった。自分自身、絵を描くことの好きな瑛子は、かねがねその絵の選び方に感心していたが、いつか樺山社長とバー・シロへ行った時のことである。入口から少し入ったところの右側に新しい絵がかかっていた。樺山社長は、足を止め、

「珍しいね、デュフィだね、いいものだな」

と云ったことがある。水川羊子は、絵の傍へ寄り、

「ええ、欲しくなって、無理を致しましたの」

と答えた。瑛子は、樺山社長のお伴《とも》でいろんな店へ行くことがあったが、バー・シロのもつ雰囲気が、一番、落ち着けた。

秘書室の扉が、大きな音をたてて開けられた。鈴木常務だった。瑛子はあわてて、落書をポケットの中へ突っ込んで、タイプライターを叩《たた》きかけた。

「柳川君、今晩、外人のお客さまがあるから、君も随《つ》いて来てくれよ、ミスター・スクープトだよ」

「はあ、あの——」

瑛子は、返事に戸惑った。

「軽く飯をくって、シロへ行くだけだから」

「はい、お伴致します」

バー・シロと聞いて、瑛子は返事をした。

その晩、シロへ行くと、ミスター・スクープトは、よほど酒に強いらしく、あまり女の子とふざけず、スコッチをあけていた。鈴木常務は、接待している客より愉快そうにふざけていたが、マダムの水川羊子が、姿を見せないのを気にしていた。

マダム代理をしている波子が、鈴木常務の傍らへ坐ると、相当、酩酊《めいてい》した鈴木常務は、波子の背中にぐったり手を廻し、

「ママは一向に姿を見せないね、開店休業かね」

「どう致しまして、ママはあれでも商売熱心ですよ、だけど、今日はちょっとご病気」

「病気って、何病なんだ、まさかショック病とかいう奴《やつ》じゃないだろうな、ハハハハハ、女って、一ぱしの商売をしていても、恋愛病から、失恋病から、もろもろの妙な病気になるもんだよ、ね」

ひやかしにしては、毒がある鈴木常務のからみ方だった。

「まあ、変ないい方なさいますこと、ママは、ほんとうに病気なんですよ」

「そう、女性特有のね、アハハハハ……」

さらに、いや味な笑い方をした。

「へんな云い方なさるのね、ママに対してひどすぎますよ」

「いやあ、えらく怒り出したな、君はママの大崇拝者だからな、うちの柳川君が樺山社長を尊敬するごとく……」

瑛子は、鈴木常務の顔を見た。

「こんなところで、亡《な》くなられた社長のお名前を出さないで下さい」

ミスター・スクープトさえ居合わせなかったら、瑛子はすぐにも席をたちたかった。

波子は、まだむきになって、

「ほんとですよ、ママはほんとうにご病気、嘘《うそ》だと思ったら浪速《なにわ》……」

と云いかけて、波子は、言葉を切った。

「私はこれで駄目なんですよ、何でもすぐ真《ま》に受けてカンカンになって、馬鹿な怒り虫ね、さあ、商売、商売、恋愛病でも、人殺し病でも、金儲《かねもう》け病でも、何でもさして貰《もら》いまっせえ」

波子は、白けかけた座を持ち直すように、さっと話題をかえてはしゃぎ出した。外人客にも片言の英語で、大げさにサービスし出した。瑛子は、飲みつけぬ洋酒を、ぐいっと一飲みした。低い声ではあったが、確かにマダム代理の波子の言葉を聞いた。

浪速……と云ったはず、それなら、浪速大学の附属病院に違いない――急に咽喉《のど》の奥が灼《や》けつくように熱くなり、酔いが出て来たらしい。瑛子は頭の中にたたみ込むように、もう一度、浪速大学附属病院と、口の中で呟《つぶや》いた。

翌朝、出社前に、瑛子は大学病院の門をくぐった。午前七時過ぎの病院は、まだ外来受付のあたりの人影も少なかった。やっと白衣を着た看護婦たちが、寄宿舎から姿を見せはじめたところであった。瑛子は、受付で入院患者名簿を調べてもらった。若い女の事務員は、不機嫌な仏頂面《ぶっちょうづら》をして、

「お名前だけで、何科の何病棟も解らないのですか」

と云いながら、名簿をくり出した。中程までくっても見付からない。水川羊子は、マダム名で、実名は別であるかもしれない。瑛子がそう気付きかけた時、事務員が名簿を指さした。水川羊子、第三病棟、産婦人科と記《しる》されていた。

眩《めくら》むような思いに堪えながら、瑛子は暗い階段を上って行った。三階へ上ると、そこから明るい清潔な廊下が続いていた。L字型にまがった一番手前が、第三病棟の詰所であった。二、三人の看護婦が、朝の医長の回診のために、診療器具の準備を整えていた。

「あの、水川羊子さんのお部屋、どちらでしょうか」

看護婦に聞くと、壁面にかかっている患者の名札をちらっと一瞥《いちべつ》して、

「そんな方、いらっしゃいませんよ」

瑛子の方を振り向きもせず、突慳貪《つっけんどん》に云った。

「でも、今、受付でお聞きして来たばかりなんですけど」

年嵩《としかさ》の看護婦は聞えぬふりをして、わざと忙しそうに手を動かした。脱脂綿を切っていた背の低い看護婦が、まるまるした顔をあげて、

「水川さんなら、二十三号室ですよ、ほら、一昨日《おととい》、夜中に盲腸で担《かつ》ぎ込まれ、内科は病室がなかったから、うちの医長さんの計らいで、一時、二十三号室へ入った方よ、ほら、ものすごくきれいな人よ」

はずんだ声で云い、

「この病棟の一番端の左側のお部屋です」

と指した。

瑛子は、指された方向へ、のろのろ歩いて行った。盲腸炎、むつかしく医学用語でいってみても、虫様突起炎——ただそれだけのことだった。右手に抱えていたカーネーションの大きな花束が、急に麗々しく、おかしかった。長い廊下の中程に、タイル張りの手洗い場があった。瑛子はいきなり、カーネーションの花束を、手洗い場のバ

ケツの中へ突きさした。カーネーションは、赤錆《あかさ》びたバケツから、溢《あふ》れるほど大きく華やかだった。瑛子は、そのまま踵《きびす》を返した。

病院を出てから、早足で歩き過ぎたためか、十一月のはじめというのに、瑛子はブラウスの下を汗ばませた。堂島川に面したメエゾンBXは、いつも早朝から開いている喫茶店であったが、ほかに人影がなかった。窓際《ぎわ》の椅子《いす》に坐って、ゆるい水速で流れている堂島川に眼を向けた。早朝の秋陽《あきび》の中で、白くふくらむようであった。水際の樹々《きぎ》も明るい青味を帯びて輝いていた。

瑛子は、コーヒーを一口飲むと、汗ばんだブルーのブラウスの衿《えり》をややゆるく明け、上衣《うわぎ》のポケットに手を入れ、白い紙片を出した。

バー・シロのマダム　水川羊子　28―30歳

エンピツで黒い線をひいた。噂《うわさ》にのぼった三人の女性のうちで、最初から除外した八幡の女将山田ツヤと水川羊子の二人に黒線をひいてしまうと、俄《にわ》かに、

料亭日よしの女将　金田よし　34―35歳

と記した一行が、生きもののような生気をもった。

金田よしは、水川羊子と対照的な顔だちをしていた。下ぶくれのぽってりした肉付きの顔に、眼鼻だちが小さく、厚味をもった唇に京風な口紅をさしていた。着物の着付けも花街の出らしい粋《いき》づくりであったから、三十四、五歳に見える。ほんとうは、もっと若いのかも知れなかった。性格は愛嬌《あいきょう》のある顔に似合わず、口数が少なく地味であったが、商いは派手に繁昌して、絶えず店を普請《ふしん》していた。それだけに、さぞかし大物がついているのだろうと噂されていたが、金田よしの器量か、それとも、その陰の人の器量か、不思議と誰も陰の人の正体を知ることが出来なかった。

瑛子も、五年前から、金田よしを知っていたが、五年間、いつも同じ調子でものを云い、同じ笑い方をする人であった。凡庸といえば、それまでだが、瑛子は何となく圧《お》されるようなものを感じていた。耳搔《みみか》きで掬《すく》いあげるようにして、金田よしの姿を、搔き掬っていると、次第に樺山社長のもの静かな厳しさに似通って来るようだった。瑛子は、眼の前に置いた紙片を、手荒くひったくるようにして、ハンド・バッグの中へ押し込んだ。

まだ八時半を過ぎたばかりであったが、瑛子は会社へ出勤した。秘書室には給仕だけが来ていて、湯を沸かしていた。ガラス戸越しに、社長室の方を見た。二十畳ほどの広さで、南と東向きにきった窓はブラインドに掩《おお》われて、部屋の中は薄暗い。窓寄りにどっしりとした大きな机が置かれ、椅子《いす》もうしろ背の高いウィンザー・チェアだった。グレイの床絨緞《ゆかじゅうたん》は、とっくに擦り切れて、白っぽくなっていた。総務部の方から、何度も取替えを云って来たものだが、その度に樺山社長は、見場《みば》は悪いが、台がしっかりしているからこれでいいよと、取り替えさせなかった。

今になってみれば、八年間、毎日、その上を踏んで、数限りなく樺山社長の足跡を残した絨緞であった。絨緞の上には、うっすらと埃《ほこり》が溜《たま》っているようだった。新社長が定《き》まるまで、誰ともなしに皆が遠慮して、社長室に手を触れなかった。鍵《かぎ》は、総務部長が保管していた。

給仕が、お茶を瑛子の机の上に置き、机横の窓を開けた。朝の硬い澄みきった空気が、流れ込んだ。下の舗道を見ると、ようやく出勤して来る社員たちが、重なり合うようにして歩いている。

今日は、阪和紡績の第一給料日であった。阪和紡績では、給料日を、十日と二十五日の二回に分け、十日を第一給料日と云っている。この日は、料理屋、バーなどの先月分の社用接待費を支払う日でもあった。接待費関係の支払いは午後三時から五時の間に行われるが、この時間になると、粋な和服や華美な洋装をした女性が、経理部に現われ、重役関係のものだけは、直接、秘書室から支払い出される。

瑛子は、多くの出入りの料亭の中で、日よしだけが女将自身で、支払いを受取りに来るのを思い出した。きちんとした地味な装《よそお》いで、秘書室に現われ、

「いつもご贔屓《ひいき》さんにあずかっております、今月も何かとおかげを蒙《こうむ》らせていただき、本日、節季《せっき》に参じさせて戴きました」

と行き届いた挨拶《あいさつ》をした。決して支払いとか、集金などという露《あら》わな言葉は使わない。節季という言葉で、支払いという意味に替えている。大阪の一流のお茶屋に出ていた芸者らしい躾《しつけ》の厳しさが感じられる。そうした折目の正しさ、行き届き方が、日よしのお客を高級にしているようだった。

神戸、大阪間の郊外に育ち、幼い時から海外出張の多い銀行員の父をもち、古いしきたりと縁遠い生活をして来た瑛子は、そうした雰囲気に惹《ひ》かれていた。

しかし、今日に限って、金田よしは、支払い時間である三時から五時を過ぎかけても、姿を現わさなかった。瑛子はこの二時間程の間は、席を離れなくてもいいように仕事の段取りをつけて、金田よしが、秘書室の入口に現われるのを待っていた。

五時を十分ほど過ぎた時、仲居頭のお久《ひさ》はんが、時間に遅れたのを恐縮するように、

足音もさせずに入って来るなり、秘書課長に、丁寧に挨拶をして支払いを受け取り、誰にともなく満遍に頭を下げて、秘書室を出て行った。

瑛子は席をたって廊下に出、お久はんのあとを追った。秘書室の前から、真っすぐに二十米《メートル》ほど広い廊下が通り、その先端を右に曲ると、エレベーターの前に出る。瑛子は、エレベーターの乗場の前に来てから、お久はんに声をかけた。

「お女将さん、今日、いらっしゃらないの」

お久はんは、集金袋を右腕に抱え、驚くように振り返り、

「まあ、柳川さん、平常はご無礼さんを致しておりまして――」

料亭の仲居頭らしく、鄭重《ていちょう》に挨拶した。

「どうして、女将さんがいつものようにいらっしゃらないの？」

瑛子は、重ねて同じことを聞いた。

「へえ、ちょっと旅行してはりますので」

「まあ、女将さんの旅行とは珍しいのね、年中お店ばかりだのに、それじゃ、明日の夜はお店にいらっしゃるのかしら？」

「さあ、くわしいことはわかりまへんけど、えろう疲れたから云うて、二、三日、静養に行かはりましたんだす、何か特別のご用で――」

「いえ、別に――」

瑛子は、曖昧《あいまい》に首を振った。お久はんは、

「ほんなら、ご免やす」

小腰をかがめて、エレベーターに吸い込まれるように乗ってしまった。

三日目の夕方、瑛子は、日よしへ電話をかけてみたが、まだ金田よしは帰っていなかった。電話に出た若い女の声は、阪和紡績さんでしたら、仲居頭のお久を呼んでご用を承らせましょうかと云ったが、瑛子は、そのままで電話を切った。五日目には、仲居頭のお久は
次の日の夕方も、電話をしてみたが、同じであった。

んを呼び出してもらった。

「あの、柳川です、女将さんじゃないと工合の悪いことがありますの、どちらへいらしてるか解《わか》らないかしら、できたらご連絡をとりたいのよ」

「へえ、それが――」

口ごもりかけたが、すぐ落ち着いた口調で、

「あの、亡くなられました樺山社長さんのご仏事か、何か、そのようなご用事でござりまっしゃろか」

今度は、瑛子が口ごもってしまった。

「え、いいえ、そうじゃないんですけど、ちょっと急に女将さんにお話ししておきたいことが起って――」

またお久はんの返事がと絶えたが、

「ほんなら、もう、明日中ぐらいに帰って参ると思いまっさかい、帰って参りましたらすぐこちらから、お電話さして戴《いただ》きます、えらいお手数になりまして、どうぞおよろしゅうに――」

念の入った応対であったが、妙に警戒するようなぎこちない気配が、瑛子に感じ取られた。最初は、もしや金田よしではと軽く思いあてたつもりだったが、こうして、毎日、毎日、電話をかけて、連絡が取れなくなって来ると、瑛子は急に五日間の旅行に、複雑な想像を積み上げている自分に気付いた。

翌日、瑛子は、御影《みかげ》の樺山邸へ、喜代夫人を訪ねた。樺山社長の葬儀後、はじめての訪問であった。

暫《しばら》く独りで居て、樺山の死を心のうちに確かめたいと云った喜代夫人の気持を尊重して瑛子は遠慮していたのであった。

正門は固く鎖《と》ざされていた。通用門のベルを押すと、女中が細く戸を開き、瑛子の顔を見て、黙って内玄関まで招じ入れた。廊下に静かな人影がした。黒っぽい結城紬《ゆうきつむぎ》の対《つい》を着た喜代夫人であった。張りのある眼を眩《まぶ》しそうに細めて、

「柳川さんでしたんでっか、どうぞ、お上りやす」

広い式台の真ン中で、腰を折るように身を屈《かが》めた。膝《ひざ》もとの白い手に、珊瑚《さんご》の数珠《じゅず》が握られている。瑛子は黙礼して、靴を脱ぎ、喜代夫人のうしろにしたがった。

仏間に香が焚《た》きしめられ飴色塗《あめいろぬり》の仏壇の中には、いま点《つ》けかえられたばかりの燈明が、明るく点《とも》っていた。仏壇の一番下の壇に、遺留品の金側の時計と、上蓋《うわぶた》の毀《こわ》れかけた胃薬と、歪《いびつ》になったミルクの罐《かん》が、きちんと並べて置かれている。

瑛子は、お線香を点け、真っ白な菊を供えてから、改まって挨拶をした。

「その後、お疲れも出ませずいらっしゃいますか、会社の方は、やっと落ち着きかけましたが――」

「この頃になって、やっと静かに過ごさせて戴いてますが、あないに急に亡くなられますと、日とともにかえって、諦《あきら》めがつかず、おかしなことだす……」

気持を整えるように、喜代夫人は、ぷつんと言葉を切った。

十一月の冴《さ》えかえるような秋陽《あきび》が、仏間の硝子《ガラス》障子越しに畳の上に落ち込み、白い陽溜《ひだま》りになっていた。暫く、どちらも、黙っていた。

「柳川さん、やはり、子供が欲しゅう思いますわ」

「え、子供、赤ちゃん――」

瑛子は狼狽《ろうばい》したように答えた。

「わたしぐらいの齢《とし》で、夫婦二人きりというのは、突然、死なれますと、ほんまに心もとないもんだす、残された者は、もう枯草のようなもので……せめて子供でもあったらと――」

一つ一つの言葉が、細かい畳の目の上に落ちて、そのままに吸い取られて行くようだった。

二十八歳の瑛子の胸にも、滲《し》み着くようであった。

「まあ、せっかく来てくれはりましたのに、涙っぽうなってしもうて、ごめんやす」

「いいえ、そのお気持、ほんとうですわ、社長は宴会の時でも、奥さまがお淋《さび》しくないかと心配していらしたのですもの」

「それだけに、よけい辛《つろ》う思います、何もかも頼りきって、もたれかかって、この齢まで来たんでっさかい」

言葉尻《じり》をすぼめ、羞《はじら》うように喜代夫人は微《かす》かに笑った。その羞いの中には、夫が遺《のこ》したドライ・ミルクに対するいささかの疑惑もない。樺山社長の遺骨を持って還《かえ》って来た日に、歪になったミルクの罐を手に取りながら、（おかしなお人、こんなものを持っていはって）と何気なく呟《つぶや》いた時のままである。

瑛子は、もう一度、仏壇の前のミルクの罐を見た。直径十センチ、高さ二十五センチのグリーンのラベルを貼《は》った罐である。何百行かの日東航空の遭難記事の中で、ドライ・ミルクという片仮名の六字は、殆《ほとん》どの人が読み過ごしてしまった活字であったが、瑛子は今も、憑《つ》かれたように、その六字に固執している。わざわざ樺山邸を訪ねたのも、そのためであるようだ。なぜだろうか。瑛子は、奇妙に焦《あせ》り、熱っぽくなる頭の中で、何かを探りあてるように足掻《あが》いた。

その次の日にも、瑛子は金田よしに電話をしたが、まだ旅行から帰って来ていなかった。

八日目の朝、瑛子は、肌寒くなったベッドの中で、ゆっくり手をのばして枕《まくら》もとのテーブルから、新聞を取った。開くなり、あっと眼をそこに奪われた。

社会面の大部分が、電力疑獄事件で埋められている。抜打ち的に一挙に報道され、関連した十三名の財界人の顔写真が並べられていた。そして、そこに、首謀者である大都電力の社長、赤田藤平氏の写真が、大きく派手に扱われ、その写真の左横をふち取るように、

大阪の料亭、日よしへも出資

という見出しがあった。金田よしは、東京から、二、三カ月に一度ぐらい来阪する赤田藤平氏の愛妾《あいしょう》であったのだ。

瑛子は、ベッドの上に起き上って読み直した。そして八日間、焦っていた緊張感が、急に萎《な》えて行った。

瑛子が電話をかけ続け、応答がなかった金田よしは、かねがね捜査の手が延びていることを知った赤田藤平に呼び寄せられ、静養と称して、浜松へ姿を隠していたわけだった。浜松まで金田よしを呼び寄せた赤田藤平と、彼女の間柄が、深ければ深いほど、人目にたたず隠し果《おお》せた男女の怖《おそ》ろしさが、瑛子の心をさらに脅かした。しかも、七年間もの歳月を。

金田よしは、電力疑獄事件と関係はあったが、ドライ・ミルクの罐とは無関係の人であった。一体、ドライ・ミルクは、何を物語るものなんだろうか——。たかだか直径十センチ、高さ二十五センチの容器に入ったクリーム色の淡い粉末に過ぎぬものであったけれど、女子大卒業後、直ちに阪和紡績に入り、樺山社長を通して人生を見詰めつつあった瑛子にとっては、重要な意味を持っていた。もし、この一罐のドライ・ミルクによって、樺山社長の評価が覆《くつがえ》る時は、瑛子の若い人生への確信が大きく揺らぎそうであった。

瑛子は、朝刊を広げたまま、枕もとに投げ出し、ぼんやり横になっていた。遅刻になるのを気遣って、何度も階下から声をかける母に曖昧な返事をして、のろのろ出勤の用意をし出した。

出社すると、十時近くなっていた。秘書課長に風邪気味で遅刻をしたことを断わったが、秘書室は、今朝の電力疑獄事件で持ちきっていた。特に大都電力社長と金田よしの関係が、話題の中心になっていた。僅《わず》か一カ月半ほどの間に、日東航空遭難事件と電力疑獄事件という社会面の大半を割くような事件が起り、その二つの事件に、金田よしという無口で地味な女性が、一方は公然と、一方はひそかに取沙汰《とりざた》されたわけであった。

瑛子は机の上の書簡整理にとりかかった。

樺山社長が死亡してから、四十五日を経ていたが、いまだに樺山社長宛《あて》の印刷物、書簡類が届いていた。社会事業団体、各種協会などで、名誉理事になっているところは、まだ名前の書き替えをしていないせいか、多くの依頼ごとが樺山正資宛に来ている。既に死亡した人に宛てられて来る書簡を整理するのは、奇妙な感覚であった。一通、一通、死者と生者の間を整理するような感覚で処理している時、

樺山社長様付
　秘書様
と記した水色の封筒が眼に入った。瑛子は、日頃の嗜《たしな》みを忘れ、小鋏《こばさみ》を使わず、指先で封筒の端を毟《むし》り取った。
レター・ペーパーは、表の封筒と同じ水色の便箋《びんせん》であった。

樺山社長さまは突然、ご不幸におなりになり、心からお悔み申し上げます。あの事故のあった日のお昼、お電話で楽しくおしゃべり致しましたばかりでございますのに、そのすぐ後、あのような怖ろしいご不幸があったのでございます。その時に、大へん喜んでいただきましたこと、ずいぶん心待ちにしていらっしゃいましたから、お亡《な》くなりになりましてもお約束を果したく、十八日の夕方、御社まで伺います。御霊前まで参上致したく存じますが、大げさになって気恥ずかしく思いますので、秘書のあなたさまにご連絡申し上げたく存じます。
十一月十六日
三　井　杏　子

瑛子は、かろうじて、両肘《りょうひじ》で机について、上半身の姿勢を支えた。激しい眩暈《めまい》と息ぎれがした。もう一度、便箋にしたためられた日時を確かめてみた。十一月十八日、夕方――、今日のことであった。

夕方まで三時間余り、瑛子は、姿勢だけは正しく机に向け、タイプを打ったり、受話器を取っていたが、全身の神経は、壁時計に貼りついていた。金色の瀟洒《しょうしゃ》な針が、チカチカと、神経を苛《いら》だたせ、三井杏子の訪れをじりじりと待った。

四時を十五分過ぎた時、一階の受付から電話がかかった。

「柳川さん、三井さんとおっしゃる方が――」

「わかったわ、すぐ行くから」

「あの――」

何か、云ったようだが、ガチャンと受話器を置くなり、エレベーターに向って走った。三台のエレベーターは揃《そろ》って今、五階を通過したばかりであった。赤い昇降針が二、三階を示している。三台とも同じ降下方向に動かしているエレベーター・ガールの無神経に腹がたった。瑛子は、パチ、パチ、パチと、三台のエレベーターのボタンを押し続けた。

やっと、満員のエレベーターに無理乗りし、一階へ降りた。

受付の前に、それらしい女性の姿が見当らない。

「三井さん、三井さんはどちら」

思わず、甲高《かんだか》い声を出して呼んだ。受付嬢は驚いて、瑛子を制した。

「柳川さんは、こちらの電話をみな聞かないで、ガチャッとお切りになったでしょう、三井さんは、これお渡ししておいてほしい、とおっしゃって、帰られましたわ」

「え、帰った？」

玄関口へ飛び出してみたが、車で来て、車でたち去ったのか、もうそれらしい人は見当らなかった。受付へ引っ返した。

「三井さんのことづけって、何？」

「ええ、ここにお預かりしていますわ」

受付嬢の指さしたところに、今朝と同じ水色の包装紙をかぶせた四角い箱が置いてあった。

瑛子は、包装紙に手をふれた。奇妙な手触りがした。四角い籠《かご》であった。籠の蓋《ふた》から真っ白な子猫が首を出した。産後、一カ月近く経《た》った子猫であった。手を触れると、ニァオーと声をあげて、真っ青なつぶらな眼を見開いた。淡いグレイの爪先《つまさき》のところに、紙片が一枚、（純ペルシャ猫です、亡くなられた社長のお宅へ差し上げて下さい、奥さまが淋しそうだから、飛びっきり可愛い猫を欲しいと、社長がだいぶ前、お店へいらっしゃった時おっしゃったので、お約束してしまったのです。私は、ネコちゃんというニック・ネームがあるほど愛猫家です。家を出しなに、お店が忙しいからと電話がかかって来ましたので、お会いせずにお預けしておきます。なおできたら、いつも米国製のピーコック・ドライ・ミルクを、飲ましてやって下さい。毛並を美しくしますから。バー・ザンボへもお越し下さい。三井杏子）と、走り書きをしていた。

ドライ・ミルクの正体は、この生後、一カ月程の白いペルシャ猫であった。そして届け主は、バー・シロの右隣の、バー・ザンボの自ら愛猫家と称する若い女性であった。バー・ザンボは、瑛子も、樺山社長の生前中に、二、三度行ったことのある店であった。

瑛子は、いきなり、子猫を抱き上げた。真っ白な絹糸のような毛並が、蛍光燈の下で白光に輝き、温かい感触であった。

頰に擦《す》りつけた。ニァオー、ニァオー、甘くすぐるような啼《な》き方であった。瑛子も、ニァオー、と猫の鳴声を真似《まね》た。突然、瑛子の眼から、涙が溢《あふ》れ出した。

故樺山社長が遺留したものは一罐のドライ・ミルクではなく、一人の人間の評価は、たまたま起った一つの事柄や事件によって、そうたやすく塗り変えられるものではないという、厳しい人生への提示であった。

そして、瑛子は、はじめて、自分が、樺山社長を心の奥深くで、ひそかに愛していたことを知った。

ニァオー、ニァオー、瑛子は、なおも両眼から涙を噴きこぼしながら、子猫の啼き声を真似た。

（「別冊文藝春秋」昭和三十三年十二月）

あとがき

ケチン坊のことを、大阪弁でしぶちんと云いますが、同じ吝嗇でも、しぶちんというと、どこかにおかしみがあるようです。ご当人はムキになって大真面目《おおまじめ》にケチっていますが、それをみる第三者には、いや味にならず、かえってお腹の一つも抱えたくなります。つまり、ケチが陰にこもらず、ぱっとおおっぴらに開放的になっているからです。ケチの仕方一つにも、大阪人特有のとぼけたニュアンスがあります。私の好きな大阪弁の一つですのでこの短編集の題名としました。

この短編集の中で『船場狂い』が、私の一番好きな作品です。『しぶちん』とともに、私が毎日口にするおばんざい（関西式の惣菜《そうざい》）の味が、そこにあるからです。『死亡記事』は、私に珍しい私小説風なもの。『持参金』『遺留品』は、小説の中へ殺人のないスリラーを持ち込んでみたものです。各々異なった性格をもっていますが、三つとも私が今後書き進めて行きたい性格のものです。

短編というのは、お裁縫の運針《うんしん》のようなもので、袋縫い、返し縫い、千鳥がけといろいろな針運びがあるわけですが、私のはじめての短編をあつめたこの短編集は、何より自らの着実な刺針《さしばり》になるようにと思いながら、運針したものです。

山崎豊子

解説

山本健吉

一

「しぶちん」は山崎氏のはじめての短編集で、昭和三十四年二月の出版である。

「しぶちん」という大阪言葉について、山崎氏は本書の「あとがき」で次のように言っている。

「ケチン坊のことを、大阪弁でしぶちんと云いますが、同じ吝嗇でも、しぶちんというと、どこかにおかしみがあるようです。ご当人はムキになって大真面目《おおまじめ》にケチついていますが、それをみる第三者には、いや味にならず、かえってお腹の一つも抱えたくなります。つまり、ケチが陰にこもらず、ぱっとおおっぴらに開放的になっているからです。ケチの仕方一つにも、大阪人特有のとぼけたニュアンスがあります。」

これは、けちんぼ・しわんぼに対して、しぶちんという言葉自身の徳というよりも、しぶちんという言葉が大阪人のおおっぴらで開放的で、とぼけたニュアンスを持ったしぶちんぶりを、ただちに彷彿《ほうふつ》と描き出させることから来ている。けなしているのか讃《ほ》めているのか分らない、いや、けなしながらも讃めており、讃めながらもけなしているような、ややこしい言葉の響きは、大阪商人の処生術のあいだに、おのずから発酵したものであるらしい。大阪生れの画家、小出楢重《こいでならしげ》が言っている。

「このややこしい言葉が重宝に使はれると云ふ事は、大体関西人、特に大阪人には人を怒らさずに悪口を述べ、悪口を述べながらも好意を示し、喧嘩《けんくわ》しながらも円満に、と云つた風の不思議に滑らかな心が、昔から発達してゐる。」

この「不思議に滑らかな心」と、それを複雑さのまま過不足なく表現しうる言葉を持っているということが、言わば長い洗練を経てきた大阪の文化的伝統なのである。東京人がけちんぼと口に出すとき、それは単純にさげすみを表現しており、大阪人がしぶちんと言うとき、それは矛盾する気持を同時に表現しえているのである。そしてこの外見的の円滑さに対して、大阪人の内なる性格は特殊のねばり強い図太さを持っているのだ。いや、外見の円滑さこそ、かえって内面の図太さの現れなのである。それをやはり大阪生れの釈迢空《しやくちようくう》は大阪人の野性と言い、山崎豊子氏は大阪人のど根性と言っている。

二

山崎氏は大阪船場の老舗《しにせ》の生れである。船場という特殊な生活の定式を崩さずに持ちつづけて来た商店街の一劃《かく》に生れたことが、まず山崎氏の作品を規定している。

この作品集に収めた五篇のうち、『船場狂い』『持参金』『しぶちん』の三篇が、船場に取材している。そして『船場狂い』と『しぶちん』との二篇は、「私が毎日口にするおばんざい（関西式の惣菜《そうざい》）の味が、そこにある」と氏は言う。

このお番菜の味に、山崎氏は特殊な愛着を持っているのであろう。あり合わせもののお菜ということだろうが、それは大阪人の郷愁であるばかりでなく、モラルでもあるだろう。塩鮭の頭に大根、大根菜その他ありあわせものを煮つけた船場煮など、やはり船場特有のお番菜なのであろう。しぶちんであることは、言わばお番菜の味だとも言える。

五篇のなかでは、この二篇のお番菜の味が面白い。どちらも、山崎氏の独壇場である大阪商人のど根性、あるいは一途《いちず》な執念を描いたものである。

『船場狂い』のヒロイン久女は、船場と川一つ隔てた堂島に生れ、その生涯の念願は、船場へ移り住んで、御寮人《ごりょうん》さんと呼ばれ御家《おえ》はんと呼ばれることであった。船場は秀吉時代からの大阪の中心部で、秀吉が大阪に築城したとき、町の繁栄のために堺の商人を移住せしめた、もっとも古い一劃である。額縁のように堀川で囲まれた四角な地帯で、大阪の商業、金融の中心地帯であり、さいきんまで古風な生活の定式を崩さず、すべてにわたって船場風を保ち、特殊な船場言葉を使った。山崎氏は『船場狂い』の中に書いている。

「船場では、気温の寒暖にかかわらず、四月一日から男女ともに袷《あわせ》になり、外出には必ず袷長襦袢《ながじゅばん》と袷羽織を着用する。六月一日からは単衣《ひとえ》になり、菖蒲《しょうぶ》節句から帷子《かたびら》、麻長襦袢、絽《ろ》羽織、浴衣《ゆかた》は六月十五日から、七月一日から薄物、紗《しゃ》の羽織、九月から単衣、十月から袷という更衣《ころもがえ》のしきたりがある。これを少しでも間違えると、世間から、みっともないとうしろ指をさされるが、久女は、そんなところにまで気を配って、季節の変り目ごとに寸分違えず、船場流の更衣をして、お茶のお稽古《けいこ》に通っていた。」

谷崎潤一郎氏の小説や随筆にも、船場に対する憧れ《あこが》が述べられている。氏は東京の商業、金融の中心であり、生活の定式を保っていた日本橋に生れ、それが急激に破壊されて行くのを眼の前にして、東京嫌いとなり、今なおそれを残している船場の生活を見て、強い憧れとなったのである。氏は一時、船場の路地のひそやかな奥に隠栖《いんせい》したいと思ったこともある。『春琴抄』『蘆刈《あしかり》』などの名作は、氏の船場への憧憬《どうけい》を物語っている。『細雪《ささめゆき》』は一面から言えば、船場の旧家の没落史でもあった。
小さい大名あたりよりも格式を保ち、貴族的であったという船場の生活の定式について、谷崎氏は次のように言う。
「ぜんたい大阪は町人の都であるから、武士階級に於《お》けるやうな煩瑣《はんさ》な儀礼は発達しなかつたかと云ふと、事実はさうでないらしい。町人にして大名に拮抗《きっこう》する意気と実力とを持つてゐた豪商どもは、矢張り大名と同じやうに威儀を張り、主従のけぢめをつけ、本家だとか分家だとか云ふ関係が非常にやかましかつたらしい。それで今でも家の格式を重んずる風習が残つてゐて、それが冠婚葬祭の場合に一々附き纏《まと》ふ。……さう云ふしきたりも近代の商業組織が発達するに随《したが》つて追ひ〳〵亡《ほろ》び行くには違ひないが、しかし現在の大阪には、個人経営のしつかりした老舗《しにせ》が東京よりも多いやうであるから、実際にはまだ相当にその習慣が生きて働いてゐる。」（私の見た大阪及び大阪人）
この文章が書かれたのは昭和七年であるが、その後戦災と戦後の混乱とを経て、船場が「名ばかりで、もぬけの殻」になってしまった経過については、山崎氏の『船場狂い』にたどられている通りである。船場がもう昔の船場でなくなったとき、久女の半世紀にわたっての「船場狂い」の夢が実現するというのが、この小説のアイロニーである。

だがともかく、「船場狂い」とさげすまれながら、その生涯の望みを貫き通したのが、彼女のどこんじょであり、どがいしょなのである。それは、川を一つ渡って向うに移り住むというだけのことなのだ。それを実現するためのすさまじい執念を、作者も笑いながら驚嘆している。最後に、末娘の照子に支度金を張りこみ、東船場の端くれに住む紙問屋の一人息子にかたづけることで、彼女は念願を果たす。戦災で焼失したその店を、彼女の力で再建し、彼女は橋を渡って、船場の御寮人さんと呼ばれる身分になる。「わては、お金で船場を買うたみたいなもんや」と言う。だが、使用人たちの前垂れ姿はジャンパーと変り、御寮人さんなどという呼び名は死語になってしまっている。ただ久女の昔の夢と執念だけが、船場と言った廃墟《はいきょ》をうろつきまわっているのである。

山崎氏自身が船場の生れであるから、船場の生活の定式に愛情の心がないわけではない。これがもし、亡びゆく江戸の生活を愛惜する久保田万太郎式の書き方で書かれたら、それは哀愁のただようなげきの詩となる。だが、そこが東京人と大阪人との感性の質の異なるところで、大阪人には『たけくらべ』『すみだ川』『末枯《うらがれ》』などといった、郷土讃美の文学は生れない。ののしり、さげすみながら、この上なく執着するという、ややこしい形を取ることが多い。どこんじょの「ど」が罵称《ばしょう》であるように、根性というものは、罵称で呼ぶのを必要とするほど、極限のすさまじい様相を示すものなのである。だから山崎氏は、久女の異様な情熱を、滑稽に書き立てれば書き立てるほど、彼女のどこんじょは輝き出ることになる。

三

氏がもう一つ、お番菜的な作品という『しぶちん』も、大阪商人のどこんじょを描いたものである。東横堀の材木問屋、山田万治郎は、「しぶ万」とあだ名されるほどの吝嗇漢である。だが「よく注意してみていると、その〝しぶ万〟という呼び方に、多少の尊敬の意をこめた親しみがあるのに気付く。」しぶちんであることは、商人根性に徹していることであり、誰しもしぶ万のごとくしぶちんではありえないことに、羨望《せんぼう》と自嘲《じちょう》との念を抱く。宵越しの金は持たぬという江戸職人の気っぷと、およそ対蹠《たいせき》的な地点におのれのモラルを主張する大阪商人の美徳の一つと言ってもよいのである。

丁稚《でっち》時代から、煙草《たばこ》屋や切手屋からちゃっかりリベートを取るという蓄財の才を示した。銭箱の中へせっせと銭を溜《た》めて行くのが、気の張りなのである。宴席のお膳《ぜん》のものは、そのまま杉折に入れて持って帰り、雨漏りの瓦下《かわらした》の葺《ふ》き替えには、納屋《なや》にしまった折箱の薄板で間に合わせる。これほどのしぶちんが、大阪商工会議所の議員に推薦されたときの同業組合の祝賀の席で、組合へぽんと十万円寄附した。昭和初年の十万円である。

『船場狂い』の久女にしろ、『しぶちん』の万治郎にしろ、笑われさげすまれながら意に介せず、結局は思いどおりに人生を乗り切り、所懐の目的を達した勝利者である。どちらも、えげつないまでの執念の虫である。この「えげつない」という言葉だって、大阪人に取っては、何時マイナスの意味からプラスの意味へ、転化しないとはかぎらない。久女が船場の商家へかたづく娘に、「うちからは、うんと張り込んだ支度金付けたげるさかい、あんたはえげつのう嫁《い》きや、なにも遠慮することあれへん」と言うとき、この「えげつない」は、金力を持った強者の美徳ですらあるだろう。大きな顔して、大手を振って、威張って、などに近い意味だが、もっとずっとあくどい語感を持っている。その意味する汚なさではなくて、強さが強調されているのだ。

山崎氏はかつて、「小説のなかの大阪弁」という文章で、ラヴシーンと独白には、大阪弁では困ってしまう、という意味のことを書いたことがある。大阪弁で効果を挙げている演劇は、全部と言ってよいくらい、喜劇、または喜劇的要素の強い劇なのである。これはある種の情意的表現に、大阪弁がふさわしくない、むしろ無能力だということであり、大阪弁は元禄の近松時代に較《くら》べて表現の振幅が狭くなっているのだ。それは大阪弁が、言葉自体としての抽象化が足りず、言葉の背後に、あまりにも大阪人の類型をちらつかせてしまうからである。

久女も万治郎も、大阪商人の類型の誇張である。類型とは、この場合単一の観念で作られた性格である。喜劇の人物は類型たろうとする。類型を描いて典型に達するのと、個性を描いて普遍に達するのと、小説の方法として甲乙はない。ただ日本の近代の作家は、二、三を除き、類型から出発する方法を知らなかっただけのことである。小説の世界が社会的な拡《ひろが》りを持とうとすれば、もっと意識的に類型を描くことを試みるべきだったのである。

山崎氏のこれらの作品は、類型を描くことで、大阪という特殊な雰囲気を持った都会の空間的拡りを、描き出すことに成功している。

四

以上の二編の外には、『死亡記事』がよい。作者が新聞記者時代に知った、ある剛《ごう》毅《き》な新聞人をモデルにした小説である。空襲下の最中に、地下室の床に伏して、その静かな松葉杖《まつばづえ》の音を聴くくだりが、印象的である。『持参金』と『遺留品』とは、作者が「小説の中へ殺人のないスリラーを持ち込んでみたもの」と言っている。それ以上、私はべつに付け加えることがない。

（昭和四十年四月、文芸評論家）

この作品集は昭和三十四年二月中央公論社より刊行された。

山崎豊子著

暖簾（のれん）

丁稚からたたき上げた老舗の主人吾平を中心に、親子二代"のれん"に全力を傾ける不屈の大阪商人の気骨と徹底した商業モラルを描く。

山崎豊子著

ぼんち

放蕩を重ねても帳尻の合った遊び方をするのが大阪の"ぼんち"。老舗の一人息子を主人公に船場商家の独特の風俗を織りまぜて描く。

山崎豊子著

花のれん

直木賞受賞

大阪の街中へわての花のれんを幾つも幾つも仕掛けたいのや――細腕一本でみごとな寄席を作りあげた浪花女のど根性の生涯を描く。

山崎豊子著

女系家族（上・下）

代々養子婿をとる大阪・船場の木綿問屋四代目嘉蔵の遺言をめぐってくりひろげられる遺産相続の醜い争い。欲に絡む女の正体を抉る。

山崎豊子著

女の勲章（上・下）

洋裁学院を拡張し、絢爛たる服飾界に君臨するデザイナー大庭式子を中心に、名声や富を求める虚栄心に翻弄される女の生き方を追究。

山崎豊子著

花紋

大正歌壇に彗星のごとく登場し、突如消息を断った幻の歌人、御室みやじ――苛酷な因襲に抗い宿命の恋に全てを賭けた半生を描く。

山崎豊子著
白い巨塔（一〜五）
癌の検査・手術、泥沼の教授選、誤診裁判などを綿密にとらえ、尊厳であるべき医学界に渦巻く人間の欲望と打算を迫真の筆に描く。

山崎豊子著
仮装集団
すぐれた企画力で大阪勤音を牛耳る流郷正之は、内部の政治的な傾斜に気づき、調査を開始した……綿密な調査と豊かな筆で描く長編。

山崎豊子著
華麗なる一族（上・中・下）
大衆から預金を獲得し、裏では冷酷に産業界を支配する権力機構〈銀行〉——野望に燃える万俵大介とその一族の熾烈な人間ドラマ。

山崎豊子著
ムッシュ・クラタ
フランスかぶれと見られていた新聞人が戦場で示したダンディな強靭さを描いた表題作など、鋭い人間観察に裏打ちされた中・短編集。

山崎豊子著
不毛地帯（一〜五）
シベリアの収容所で十一年間の強制労働に耐え、帰還後、商社マンとして熾烈な商戦に巻き込まれてゆく元大本営参謀・壹岐正の運命。

山崎豊子著
二つの祖国（一〜四）
真珠湾、ヒロシマ、東京裁判——戦争の嵐に翻弄され、身を二つに裂かれながら、祖国を探し求めた日系移民一家の劇的運命を描く。

有吉佐和子著

紀ノ川

小さな流れを呑みこんで大きな川となる紀ノ川に託して、明治・大正・昭和の三代にわたる女の系譜を、和歌山の素封家を舞台に辿る。

有吉佐和子著

鬼怒川

鬼怒川のほとりにある絹の里・結城。戦争の傷跡を背負いながら、精一杯たくましく生きた貧農の娘・チヨの激動の生涯を描いた長編。

有吉佐和子著

華岡青洲の妻

女流文学賞受賞

世界最初の麻酔による外科手術――人体実験に進んで身を捧げる嫁姑のすさまじい愛の葛藤……江戸時代の世界的外科医の生涯を描く。

有吉佐和子著

複合汚染

多数の毒性物質の複合による人体への影響は現代科学でも解明できない。丹念な取材によって危機を訴え、読者を震駭させた問題の書。

有吉佐和子著

恍惚の人

老いて永生きすることは幸福か？　日本の老人福祉政策はこれでよいのか？　誰もが迎える〈老い〉を直視し、様々な問題を投げかける。

有吉佐和子著

悪女について

醜聞にまみれて死んだ美貌の女実業家富小路公子。男社会を逆手にとって、しかも男たちを魅了しながら豪奢に悪を愉しんだ女の一生。

恩田陸著

中庭の出来事

山本周五郎賞受賞

瀟洒なホテルの中庭で、気鋭の脚本家が謎の死を遂げた。容疑は三人の女優に掛かるが。芝居とミステリが見事に融合した著者の新境地。

檀ふみ著

父の縁側、私の書斎

煩わしくも、いとおしい。それが幸せな記憶の染み付いた私の家。住まいをめぐる様々な想いと、父一雄への思慕に溢れたエッセイ。

妹尾河童著

河童が覗いたヨーロッパ

あらゆることを興味の対象にして、一年間で歩いた国は22カ国。泊った部屋は115室。旺盛な好奇心で覗いた〝手描き〟のヨーロッパ。

妹尾河童著

河童が覗いたインド

スケッチブックと巻き尺を携えて、〝覗きの河童〟が見てきた知られざるインド。空前絶後、全編〝手描き〟のインド読本決定版。

橋本紡著

流れ星が消えないうちに

忘れないで、流れ星にかけた願いを――。永遠の別れ、その悲しみの果てで向かい合う心と心。切なさ溢れる恋愛小説の新しい名作。

原田マハ著

楽園のカンヴァス

山本周五郎賞受賞

ルソーの名画に酷似した一枚の絵。秘められた真実の究明に、二人の男女が挑む！　興奮と感動のアートミステリ。

瀬戸内寂聴著

夏の終り

女流文学賞受賞

妻子ある男との生活に疲れ果て、年下の男との激しい愛欲にも充たされぬ女……女の業を新鮮な感覚と大胆な手法で描き出す連作5編。

瀬戸内寂聴著

秘花

能の大成者・世阿弥が佐渡へ流されたのは七十二歳の時。彼は何を思い、どのような死を迎えたのか。世阿弥の晩年の謎を描く大作。

瀬戸内寂聴著

老いも病も受け入れよう

92歳のとき、急に襲ってきた骨折とガン。この困難を乗り越え、ふたたび筆を執った寂聴さんが、すべての人たちに贈る人生の叡智。

向田邦子著

寺内貫太郎一家

著者・向田邦子の父親をモデルに、口下手で怒りっぽいくせに涙もろい愛すべき日本の〈お父さん〉とその家族を描く処女長編小説。

向田邦子著

思い出トランプ

日常生活の中で、誰もがもっている狡さや弱さ、うしろめたさを人間を愛しむ眼で巧みに捉えた、直木賞受賞作など連作13編を収録。

向田邦子著

男どき女どき

どんな平凡な人生にも、心さわぐ時がある。その一瞬の輝きを描く最後の小説四編に、珠玉のエッセイを加えたラスト・メッセージ集。

新潮文庫最新刊

綿矢りさ著
あのころなにしてた？
仕事の事、家族の事、世界の事。2020年めまぐるしい日々のなか綴られた著者初の日記エッセイ。直筆カラー挿絵など34点を収録。

B・ブライソン
桐谷知未訳
人体大全
―なぜ生まれ、死ぬその日まで無意識に動き続けられるのか―
医療の最前線を取材し、7000秄個の原子の塊が2キロの遺骨となって終わるまでのすべてを描き尽くした大ヒット医学エンタメ。

花房観音著
京《みやこ》に鬼の棲む里ありて
美しい男妾に心揺らぐ〝鬼の子孫〟の娘、女と花の香りに眩む修行僧、陰陽師に罪を隠す水守の当主……欲と生を描く京都時代短編集。

真梨幸子著
極限団地
―一九六一 東京ハウス―
築六十年の団地で昭和の生活を体験する二組の家族。痛快なリアリティショー収録のはずが、失踪者が出て……。震撼の長編ミステリ。

幸田文著
雀の手帖
多忙な執筆の日々を送っていた幸田文が、何気ない暮らしに丁寧に心を寄せて綴った名随筆。世代を超えて愛読されるロングセラー。

ガルシア＝マルケス
鼓直訳
百年の孤独
蜃気楼の村マコンドを開墾して生きる孤独な一族、その百年の物語。四十六言語に翻訳され、二十世紀文学を塗り替えた著者の最高傑作。

しぶちん

新潮文庫　や-5-5

昭和四十年四月十日発行
平成十七年七月二十五日三十五刷改版
令和六年十月二十日四十七刷

著者　山《やま》崎《さき》豊《とよ》子《こ》
発行者　佐藤隆信
発行所　株式会社新潮社
郵便番号　一六二―八七一一
東京都新宿区矢来町七一
電話 編集部(〇三)三二六六―五四四〇
読者係(〇三)三二六六―五一一一
https://www.shinchosha.co.jp

価格はカバーに表示してあります。

乱丁・落丁本は、ご面倒ですが小社読者係宛ご送付ください。送料小社負担にてお取替えいたします。

印刷・大日本印刷株式会社　製本・株式会社大進堂

ISBN978-4-10-110405-8　C0193